君比閱讀廊

漫畫少女偵探

6

決戰蜥蜴人

君比 著

山邊出版社有限公司

目錄 contents

序一

首先，我想感謝君比老師給我一個為這本書——《漫畫少女偵探6．決戰蜥蜴人》寫序言的機會。作為君比老師的超級粉絲，我感到無比的榮幸，無比的興奮。

記得我還是一個小學生時，看到中文小說跟看到怪物一樣，嚇到心臟停頓。直到有一天，我的好朋友向我推介君比老師的作品——《穿越時Home 3．「摵時」，別嫁壞蛋！》，令我對中文小說完全改觀。謝謝您，君比老師。謝謝您改變了我。

這本書的女主角——小柔無所畏懼，並且擁有偵探的金頭腦、專業偵探的精神。這次，小柔又遇到離奇案件了。停車場附近竟然出現了有着人類肢體，臉孔卻一定不可能是人類的怪物。難道牠就是傳說中的蜥蜴人？那竹山太太口中的「白衣女子、救人、U、十二、下、水、貝貝蝴蝶」又是什麼？而且蜥蜴人到底是從哪裏來的呢？把故事細心地品嘗後，你一定會找到答案的！

最後，我想再次感謝君比老師給我一個那麼寶貴的機會為這本書寫序言。

保良局顏寶鈴書院
中一學生
鄭懿婷

序 二

我非常感謝學校邀請作家君比來教我們寫小説，讓我有機會認識她。君比老師很好，而且很親切，我真的很喜歡她。

記得我細小的時候，媽媽讀過君比老師的童話故事給我聽，每次我也聽得津津有味。印象最深刻就是《你也聽見蝴蝶在説話嗎？》。所以這次看見學校有作家君比來教寫小説，我第一時間要報名參加，慶幸最後也被選中，讓我不僅有機會跟她學習寫小説，這次還被邀請給她的作品寫序言，讓我感到既驚喜又榮幸。

當我看到這本名叫《漫畫少女偵探6．決戰蜥蜴人》的小説時，我感到很好奇，漫畫少女如何決戰蜥蜴人呢？世上真的有蜥蜴人嗎？想不到打開一看，就沒法子停下來，一口氣看完整個故事。故事開頭，主角小柔聽到那幾個奇怪的字，原來和之後發生的事都有關連，非常神奇。故事情節緊湊，引人入勝，而小柔在地鐵車廂及下水道決戰蜥蜴人那兩幕，更令我看得步步驚心，小柔真的非常勇敢，面對可怕的蜥蜴人都毫無懼色。她見義勇為，尋根究底的精神更令我欣賞。故事結尾，悲喜交集，貝貝的遭遇令人傷感，我覺得她真的很可憐。君比老師真的很厲害，能創作出這麼精彩的故事。

我還是不說太多了，你們都快些打開這本書，親自來感受一下這個驚心動魄的旅程吧！

保良局香港道教聯合會
圓玄小學五年級學生
蘇品心

一　約見雙方家長

小柔把手機掏出，一看見來電顯示的名字，陡地一驚。

「是誰找你呀？你爸爸？」宋基問。

小柔把手機遞給他看，他也急起來，道：「你還不趕快接聽？」

她作了一個深呼吸，在手機上按了一下，電話接通了，她按了擴音器，屏息靜氣地等待着。

「喂？是張小柔嗎？」對方問道。

「是！你是卜小姐嗎？」

「對呀！」

中年婦人卜小姐是竹山勁太的妻子趙菲的契女。上次小柔凌晨時分到醫院去探望趙菲，就在深切治療部認識了卜小姐。只可惜，趙菲在手術後仍未蘇醒，小柔未能跟她談上半句。

「竹山太太醒來了，是嗎？」小柔手心狂冒汗，連手機也差點握不住了。

「是！姑娘告訴我，契媽今早曾經短暫醒來，約莫有兩三分鐘時間是清醒的，但，姑娘還未來得及通知我，她又再昏昏睡去。」卜小姐回道。

「趙菲女士在清醒的時候，可有說過些什麼呢？」小柔急問。

「有！姑娘說，契媽斷斷續續地說了幾個沒有關連的字，姑娘馬上用紙筆記下了，是：找白衣女子、救人、U、十二、下、水、貝貝蝴蝶，隔了些時，她又對姑娘說了一個名字。」

「什麼名字？」

「藍天。」卜小姐道：「她說完了便閉上眼睛。藍天，你也知道，那就是竹山先生的漫畫主角的名字。但，那些字，有什麼意思呢？抑或根本沒有特別意思，她只是無意識地說着一些沒有關連的字。」

「我也不明白這些字有什麼意思。」小柔問道：「她——現在情況怎樣呢？」

「現在，她又沒有了知覺。」卜小姐頹然地道。「還以為終於等到她醒來了，結果又回復原狀。那堆字，我用訊息再傳一次給你，若果你理出個所以然，請告訴

我！」

卜小姐掛線後，小柔再看訊息裏的那些字。

「看來是完全沒有關連的字！」宋基看了很久，只能搖搖頭，道。「小柔，還是暫且把它擱下吧！我們今天已非常勞累，不如就來我家吃晚飯，見見我的爸媽，好不好？」

本來昨晚已答應了宋基，今晚到他的家吃晚飯，不過，今天全天都沒有見過爸爸，而且，今天一整天經歷驚險的穿越旅程，小柔希望第一時間和爸爸分享。

「但，我今早起牀到現在，都未有機會見我爸爸，所以——」小柔把尾音拉得長長，以為他該會明白她的意願。

「啊，我明白了！」宋基微笑點了點頭，道：「我要借你的手機一用！」

小柔以為他要借她的手機致電爸媽，說她今晚還是未能到來吃晚飯，怎料，宋基拿了她的手機，卻致電張進，道：「張叔叔，我現在正和小柔一起。小柔今晚會到我家，和我爸媽一同吃飯，但她說整天都沒有見過你，很是掛念，所以，我以萬二分的誠意邀請你到來和我們一起共進晚餐！」

怎麼？你連我的爸爸也邀請去吃晚餐？

小柔在心裏吶喊。

雙方家長一起吃飯，這是否太像拍拖已久的情侶在談婚論嫁前約見家長？宋基可知道自己正在製造一個會令她尷尬的場面？

「不要緊！我的爸媽很隨和，也非常好客，多一個客人絕對沒問題……啊……原來如此，我明白了。那麼……唯有下次再邀請你和小柔。」

小柔聽了，嘴角泛起一絲微笑。

爸爸真棒！我的心意也完全了解。

「你爸爸剛才說，今天是你三姨丈的忌辰，你們要往三姨的家。所以，我還是不妨礙你們了！」宋基說道。

* * *

「爸爸，你腦筋轉得真快！他日你老了，一定不會有阿茲海默症！」

小柔一踏進家門，看見正在飯廳中對着幾個大飯盒開懷大嚼的張進道。

「我今天辛苦工作了一整天，當然想在家中換上最舒適的衫褲——睡衣，與你一

起開『大食會』！你看，我買了好幾個外賣——紅燒豆腐、脆皮雞、大蝦伊麪和帶子炒西蘭花。宋基致電我時，我剛在付款。他邀約時，我也有想過你的意願。雖然你的手機一整天都接不通，但我有個強烈感覺，你是安全的。我也猜到你今天一定經歷了不少事情，你希望第一時間告訴我，所以我早準備好買外賣，回家等你，期待兩父女撐枱腳。

「我不是抗拒和宋基爸媽吃飯，但，不是今晚。若果我不亂作今天是一個不存在的親人的忌辰，看怕很難推掉這個飯局！你快過來吃吧！一邊吃一邊告訴我你今天發生什麼事。」

二 地面的血漬

又到了臨睡前的視像通話時間了。

「昨天是你三姨丈忌辰，你們去看望三姨，她還好嗎？」宋基問。

差點忘記了這善意的謊言！

「她沒事，我們在她家逗留了一會兒便回家了。」小柔勉強擠出一個笑，回道。

「你有代我向你爸媽解釋嗎？」

「當然有！他們諒解的，但仍然很希望和你見面。這星期六不知道你可會賞面來吃飯？」宋基以一臉滿滿的誠意問道。「爸媽打算這星期日便回去他們的時空了。」

「我可以的。這星期六，我暫時沒有任何節目。」小柔回道。「我——獨自來吧！我爸爸有工程要管，該沒空來的了。」

「好！你想來吃午餐抑或晚餐？」

就在小柔正要回答時，外面忽然傳來一陣刺耳的女性尖叫聲，連宋基也聽到了。

「你那邊發生了什麼事？」他問。

「是從外面傳來的，我去窗邊看看！」小柔跑到窗前，推開窗子，低頭往下看。

她的睡房窗子下面就是停車場，一名白衣女人驚叫着，由露天停車場入口向另一方向狂跑過去。

是有色魔？抑或劫匪？

停車場第二和第三盞照明燈都熄滅了。在不太充足的燈光照射下，小柔由十二樓望下去，看到一個異常高大的黑影，追趕着一個白衣女人。

「喂！你是誰？斗膽欺負女人？你快停下來，否則我報警！」小柔向着這團黑影奮勇地喝道。

黑影似乎對她的威嚇全無反應，小柔遂把行動「升級」，隨手拿起她擺在窗台的一個裝載着幸運星的玻璃樽，向着那黑影擲過去。

她不奢望能擲中他，只望能給他一個威嚇。

玻璃樽湊巧跌在黑影前右方，「嘭唧」一聲碎了。黑影停了下來，往後一望。

依靠遠處微弱的燈光，小柔看到那黑影的半張臉。

「呀——」她掩着嘴，嚇得倒退了幾步。

「小柔！小柔！你看到了些什麼？」宋基趕忙問道。

她定一定神，馬上返回窗邊再察看。

那黑影已失去影蹤。

「小柔，發生了什麼事？」

張進也趕至小柔睡房，問道。

「我……剛才聽到停車場傳來女人叫聲，還見到一個高大的黑影追着一個白衣女人。我向他投擲玻璃樽，他馬上轉臉望向我，而那……那張並不是人的臉！」

「不是人臉，是什麼？」張進追問。

「我不肯定啊！」小柔搖搖頭，道：「那黑影已不見了！」

張進衝到窗前往下望。停車場空無一人。

「你說的白衣女人，我也看不見。」他道。

「我是肯定看見他們的！我希望那白衣女人已經逃脫。」小柔按着心房，猶有餘悸地道：「那個施襲者真的不像是人，亦有可能，他是戴着面具……不過，他的身高

喂！你是誰？
呀——
你快停下來，否則我報警！
斗膽欺負女人？
嘭
啷

委實異於常人！像姚明一樣身高的人，該不常見吧！爸爸，我們是否該報警？」

「但你口中那白衣女子和施襲者都已不見影蹤，你又沒有拍下片段，我怕警方未必受理。既然你説剛剛見到的，不如……我先去停車場看個究竟吧！」張進奮勇地道。

「不行呀，爸爸！太危險了！你不要獨自去！我……陪伴你去吧！」

「不，現在已很夜了，我還是找一些男生作伴。」張進否決她的提議。

* * *

「張先生，你……你女兒有否視障或妄想症？怎麼她會見到像怪物般的黑影？她該是幻想出來的，對嗎？」

同行的夜間保安員招仔聲音微抖着，邊走邊問道。

張進斜眼瞄瞄他，問：「招仔，你今年幾歲？」

「二十一，剛成年。」

「你為何會做夜間保安員呢？你膽子那麼小，該去做文員或倉務員這些不用作夜間巡邏的工作！」張進給他一些忠告。

「我上一份工就是做文員。」招仔回道。

「那麼適合你，為何不繼續做呢？」

「我覺得太沉悶，又沒有前途。」他老實地道。

「做夜間保安會更有前途嗎？」張進問。

「不知道。是我媽叫我來做的。我本來不想當夜更，但我媽說人工較高，反正我晚上在家都是打機不願上牀，就不如當夜更保安，賺多點錢。我還是這星期才開始上班，今晚九時到管理處，第一個接的就是你的電話，要求陪同去巡停車場。其他的晚上，我都只是待在管理處，沒有任何個案要跟進。」

「那你應該多謝我才是！」張進道。「若不，你又會抱怨，說工作沉悶，又想轉工。但如果你陪同我去一趟停車場巡邏，表現英明神勇，或會得到我的書面讚賞，這樣，你的升職機會增加了，你便自覺工作有前途又有滿足感，做事也起勁些。你想想看，你是否該感謝我？」

招仔抓抓頭，想了想，笑笑道：「是啊！若果上班沒多久便有住客書面讚賞我的表現，那真的不錯呢！」

「爸爸！就是這兒了！」小柔在手機那端跟張進道：「剛才我就是在你前方看見那黑影追着白衣女人！這段路有兩盞燈壞了，較暗，你們要小心！」

「行了！」張進遞一遞手，向在窗邊察看着的小柔示意。

招仔開了手電筒，一圈黃光照出石屎路上的氣油漬和從樓上住戶晾衣架飄下的毛巾和襪子，還有——小柔向黑影擲出的幸運星玻璃樽的碎片和一地的幸運星。

「這個——我認為是血漬！」張進蹲下來，指着地上的兩小灘像個一元和五角硬幣般大的污漬，肯定地道。

招仔以手電筒近距離一照，果然，污漬呈深紅色，而且仍未乾。

「那兒還有一滴血漬！」招仔以手電筒的光指示另一灘污漬。「咦！你看那邊！」

張進跟着他的指示，拾起一個遺留在路上的淡紫色厚身膠袋，袋上有三條清晰的爪痕。被抓破的袋身，露出了裏面一個黃色的飯壺。

張進用手機拍了一張相，傳發給小柔。

「這個袋會否是剛才那白衣女人遺下的呢？」張進問道。

小柔一驚，道：「剛才我的確見到那女人背着手袋，並挽着一個袋，大小跟這個頗相似。袋上那三條爪痕真的很可怕！地上有新鮮血漬，即是那女人該是受了傷，不知道她會否去了醫院或者已報警？」

「這點我們不會知道。」張進仔細察看那些爪痕，道：「這些爪痕，肯定不是普通人的指甲可以造成，就算是留了長手甲的女人也沒可能令指甲鋒利得像刀一樣把這膠質的飯壺袋抓爛，除非——」

「除非什麼呀？」小柔追問。

「除非那是一頭孔武有力的怪獸！」

三 醉酒後的幻覺

「我再按一次吧！」

張進按過門鈴後，又站着等了好一會兒。

剛才在那飯壺袋無意中發現了一個裝着口罩的信封，上面有個地址，就是這個屋苑。張進認為這有可能是白衣女人的地址，遂試着循地址去找。

「可能根本不是她。」等了整整十分鐘後，招仔道。

「你不如站在防盜眼前，再按一次門鈴，讓她看清楚你。」張進提議。

在第三次按鈴後，招仔道：「我是夜間保安員，只是想知道，戶主你是否需要協助，並想問一問，我手上的這個飯壺是否你的。」

又等了一會兒，門徐徐開了一條縫。門後是一雙帶着恐懼的眼睛。

「你們……怎會知道……我遺失了飯壺？」一個臉色紫白的女人問道。

「小姐，請你看看這個是否就是你的飯壺。」招仔把飯壺袋拿起。

「呀！」她一看見那個有三條爪痕的飯壺袋，叫了一聲，又把門關上了。

「小姐，我們只是想幫你！但你要先幫自己，就是開門讓我們進來。」招仔緊貼着門，跟她道。「若果你要看我的證件，我可以給你檢查。」

兩人以無比耐性再等待了良久，門又開了。

「你們——進來吧！」

女人在門後「現身」了，她身穿白裙，右手臂自行以毛巾胡亂包着，一滴鮮紅的血滲了出來。

「周小姐，你的手臂受了傷？」張進問道。

「你怎知道我姓周？」周小姐問。

「你的飯壺袋裏有個信封，封面有你的地址和姓氏。」招仔代答。

「你是保安員。」周小姐轉向張進問：「沒有穿制服的你是誰？」

「我是這屋苑的住客，我女兒的房間對正停車場。是我致電管理處，找保安員去停車場巡邏的——」

周小姐打斷他的話，湊近他，問：「你看到剛才在停車場發生的事嗎？」

「我看不到，但我女兒親眼目睹了。她為了唬嚇那個追趕着你的黑影，還把她窗邊的一樽幸運星擲向黑影，成功令『牠』停了下來，往後一望。」張進回道。

「你女兒也看見了——那隻動物？」周小姐瞪大眼，那是惶恐夾雜疑惑的目光。

「我們住在十二樓，加上是黑夜，停車場又有兩盞壞燈，我女兒沒可能看得清楚牠的樣子。你——說牠是動物，相信你一定是看到牠全副樣子了。」

「其實，我只是看了牠一眼，便嚇得尖叫狂奔。我是筆直向前跑，就算牠抓傷了我的手臂，我都沒有回頭，是太怕了，怕得不敢回頭，惟恐一回頭，稍慢半秒便會給牠捉到。」周小姐坐到沙發上，驚魂未定。

「你說你只是看了牠一眼，這一眼你看到什麼，可否告訴我們？」張進又問。

「牠——比一般人要高出很多，像人一樣有手有腳，但，牠沒有穿衣服，渾身是墨綠色的鱗皮，牠的面孔並不是人的面，是野獸和昆蟲的混合體！我還記得牠那雙眼，在漆黑中閃着火燄似的紅光！我……初時以為自己是酒醉了，因為，我今天收工後，給同事們拉着去了吃晚飯，喝了點酒，所以我沒有駕車回家，而是乘搭港鐵，下車後照例由商場走往停車場，再抄捷徑上屋苑，怎知就在出了停車場沒多久，便發現自己被人跟着，還以為是劫匪，轉頭看了一眼，發現是頭怪物，驚叫一聲，便加快腳步跑，邊跑邊想：該是我醉酒後的幻覺吧！

「被牠抓傷手臂，兼抓去飯壺袋後，我被嚇得腳步加快了三倍，飛也似的跑回家。」

「你有沒有報警？」張進問。

「沒有啊！我該怎樣跟警方說呀？我給一頭怪物跟蹤並施襲，抓傷了手臂，但我根本看不清楚牠的樣子，請你們替我捉拿牠歸案？你們不覺得這樣很天方夜譚？若果我真的去報案，我怕會被直接送往精神病院！」周小姐道理鏗鏘地回道。

「那你的傷口怎辦呢？剛才我們在停車場發現有新鮮的血漬，應該是屬於你的。你選擇不報警，但至少你也該去醫院治理傷口，不能只靠一條毛巾包紮就算了！」招仔也急起來。

「醫生很多疑的，他們一定會問我如何弄傷，若我坦言被抓傷，又會問是被什麼動物所傷。唉——我已經累得只想倒在牀上昏睡，明天我還要比平日早一個小時到辦公室，我今晚需要極為充足的睡眠，不想去急症室排隊。你不知道現在是流感高峯期嗎？去急症室看病要等至少十二小時啊！我才不要把寶貴的時間花在等看醫生！」周小姐咕嚕道。

「好！你不想去急症室，我不勉強你，但，你——可否至少讓我看看你的傷口呢？」張進問道。

「你是醫生嗎？」她即問。

「不。」

「那麼，給你看了也是白看。算了吧！謝謝你們歸還飯壺給我，我要休息啦！你們請回。」

四 香港也有蜥蜴人？

「怎樣呀，爸爸？」

張進一踏進家門，小柔馬上道：「你出去那麼久，又關上了電話，令我很擔心！」

「我是成年人，何用你擔心呢！」張進一屁股坐到沙發上，放下手機，道：「要擔心，不如擔心那受襲者周小姐吧！」

「你意思是那白衣女人？你找到了她？」

「可惜，她不肯報警，連受了傷也不肯去醫院診治。這樣不愛惜自己的人，該找社工去跟她談談才行。」張進搖搖頭，歎道。

「她真的受了傷？嚴重嗎？」小柔問道。

「她的手臂給那怪物抓傷了，她只用毛巾隨便包紮，我見有血滲出，相信受傷情況不算輕微。但，她不肯求助，我作為同屋苑住客，可以做些什麼呢？」張進反問。

小柔頓了一頓，問他：「她有看清楚施襲者的樣貌嗎？」

「她只看了一眼，說牠像人一樣，有四肢，但渾身是墨綠色的鱗皮，面孔是野獸和昆蟲的混合體，雙眼是火燄似的紅光。牠有像動物般尖銳的爪，我傳給你的那張相片，你可以看到那飯壺袋被蹂躪得支離破碎的樣子，從中就可以想像那怪物施襲的力度有多強。」張進從沙發旁的矮櫃抽屜取出一個透明膠袋，再從褲袋中取出一條膠碎片，放進膠袋裏。

「那——那條是不是從那飯壺袋甩出來的碎片？」小柔坐到張進身邊，仔細一看，問。

「是。明天我會帶這碎片去文諾叔叔處做化驗，上面有些綠色的東西，我估計是那怪物的鱗皮，化驗過了，便可以準確知道牠究竟是什麼類別的東西。」張進把那膠袋放在一旁，再跟小柔道：「今晚發生的事，該會令人難以安睡。不過，我們只是局外人，而且，我們可以做的都已經做了。明天大清早你要上學，我要上班，所以，我們還是盡量把這事情放下，上牀睡覺去吧！」

* * *

午飯時間，宋基當然把握機會問小柔關於昨晚的事。

「對不起！跟你談着談着，突然聽到窗外有人尖叫，我望出窗外，看見樓下停車場有個高大的黑影在追趕一個女人。之後發生的事，令我無法再返回我們之前的對話了。」小柔解釋道。

「小柔，不問而知，你當然又拔刀相助啦！」徐志清笑道。

「但，小柔不是住在十二樓的嗎？樓下停車場有人施襲，但你身處十二樓，如何制止呢？除非你有長槍啦！」

「我沒有長槍，但身邊隨便一樣東西都可以成為攻擊施襲者的武器。我拿起窗旁的玻璃樽奮力向他一擲，終於令他注意到我了。他向我轉過頭來，我才驚覺，那個『他』並非一個人！」

「不是人?!」

三個大男孩拿着筷子的手全凝住在半空。

「我從高處望下去，看得不算清楚。後來，爸爸決定追查，最終被他找到那個給怪物襲擊的女人，由她親自形容在近距離看到的怪物容貌。」

大家屏息靜氣聽小柔描述過後，宋基吞了一口涎，才道：「小柔，我懷疑，你昨晚看到的那隻怪物，該是——蜥蜴人！」

「蜥蜴人？」王梓和徐志清不約而同驚叫起來。

「我們身處的是香港啊！」小柔轉臉向他，道：「我聽過的蜥蜴人只是傳聞，而傳聞中牠們曾出現的地方是在美國南卡羅來納州啊！」

「但你們知道嗎？南卡羅來納州政府『緊急應變部門』在推特發布的官方訊息，提醒當地居民要小心，內容其中一句是：『我們不確定蜥蜴人在日蝕期間會不會變得格外活躍。』連官方訊息都這樣寫，我相信蜥蜴人的確存在，並非只是在電影或傳聞裏出現。」宋基堅信道。

「你說的蜥蜴人現身地點在美國，而我們現在身處香港啊！」徐志清皺眉道。

「那又怎樣呢？這些像謎一樣的未知生物，未必只局限在美國生存！」宋基言之鑿鑿地道。「小柔住所後面便是山坡，究竟會否住了蜥蜴人，沒有人知道。在美國

則經常有蜥蜴人的目擊報告。目擊者形容，蜥蜴人多數都是非常高大，全身是粗糙鱗皮，手長着三根爪子，指甲呈黑色，又尖又長，這些特徵和小柔剛才描述的有不少共通點。」

「如果昨晚出現的真的是蜥蜴人，而牠未能成功覓食，不排除牠會再次出現！」小柔想了一想，道。

「那傷者因為怕麻煩而不去醫院診治，又不報警，這做法很不妥呢！若果警方早點知道事件，介入調查，或會作大規模搜索。」宋基推測道。

「我覺得事件像是虛幻小說，如果傷者如實道出，警方或會覺得她在虛構故事，未必會採取行動。」徐志清道。

小柔聽了，馬上想起了刑Sir。

早前和宋基因坐上了神秘的13B小巴而去了二〇三〇年，遇到四十多歲，蓄有灰鬢的型格刑Sir，才知道他後來成為了香港X檔案的刑警，負責解開很多奇異事件檔案。若果昨晚的白衣女人找着刑Sir報案的話，相信一定受理。

料不到的是：事隔一天，情況已大大改變了。

五 翻山涉水移民來港

小柔剛把炒好的叉燒炒飯盛滿兩碟，張進便回到家了。

「爸爸，你今晚超級準時！晚飯剛準備好，你便現身了。」小柔把兩碟熱氣兼香氣騰騰的飯捧到飯廳，跟張進笑道。

張進關上了大門，專注的看着手機訊息。

「爸爸，又是你說，吃飯時間到了，便要關掉手機和電腦，以免影響吃飯的情緒。你還不快關掉手機？」小柔嘟着嘴問道。

「若果你看了這訊息，恐怕你會像我一樣，影響了吃飯的情緒。」

「什麼訊息？」小柔放下飯，立刻湊上去看看。

「是文諾叔叔傳來的，他替我化驗那膠袋碎片上沾上的鱗皮，而化驗結果是：纖維無法確知物種分類。他的解說是：那並非地球現有生物的一種。」

難道，那怪物真的如宋基推論，是——蜥蜴人？

「今天，我和宋基等人吃午飯時，談到昨晚的經歷。宋基聽了我對那怪物的描述後，覺得那怪物和他心目中一個假設頗吻合。」

「他的假設是什麼？」張進問道。

「爸爸，你有聽過蜥蜴人嗎？」

「當然有。不過，據說牠們常常出沒的地點是美國。」張進說笑道。「就算牠們要遷徙，該會選擇鄰近的地方，而不會翻山涉水移民來香港這個園林稀少的小地方吧？」

門鈴突然響起來。

大閘一開，來者竟然是身穿便服的招仔。

「招仔?!」張進驚訝地把他迎進屋裏，問道：「你今天不用上班？來找我究竟為何？」

「請問你是哪一位？」小柔問這個有點傻氣的陌生人。

「啊！忘了介紹，這是我的小女——張小柔。這位就是昨晚陪伴我到周小姐的家查問的保安員——招仔。」

「張小姐，你好！」招仔欠一欠身，續道：「今天本來是我的休假，但我在家忐忑不安，還是要回來一趟。昨晚我問周小姐取了聯絡電話，今天下午致電她，她一直沒有開機。我問她住的U座管理員，他說周小姐平日早上約七時半便離家上班，今天他一直沒有見過她外出。昨天她說今早還要早一個小時上班喎，為何兩更的管理員都說沒有見她外出？不知為何，我有股濃濃的不安感覺呢！」

「招仔，由昨天我認識你到現在，你已經有很明顯的改變！你由一個上班等下班的保安員變成一個真的肯放心機，願意多走一步，多放一點時間去關心住客的貼心保安員——」

「夠了，爸爸！你的讚賞該足夠了。招仔說他有股濃濃的不安感覺，經他一說，我也有這感覺，不如，我們先去周小姐所住的U座看個究竟吧！」小柔打斷張進的話，作了個提議。

「好的！」招仔和議道：「我來之前也致電過她，她依然沒有開手機。」

「那麼，我們親自去一趟吧！」張進下了個決定。

六 不是一張正常人的臉

一行三人到了U座，在地下更亭遇上一名剛由辦公室趕來的保安員阿甘。

「咦？招仔？你今天不是放假嗎？」阿甘詫異地問他。

「是呀！但是，昨天我見過一個戶主，有些不大放心她，今天特意來要看看她。」

「是住這一座的嗎？」阿甘問。

「是。你呢？你又來做什麼？」在大堂一起等電梯時，招仔問。

「我是接到住戶投訴，鄰居家傳來惡臭，要來查一查。」

一眾走進電梯後，招仔問道：「是什麼單位？」

「十四樓〇七室。它的左右兩戶都分別在半小時內致電來投訴。」阿甘回道。

「十四樓〇七室？你肯定戶主是投訴這個單位？」招仔吃驚地問。

「肯定！我剛才親手寫下了被投訴戶主的室號。」阿甘把口袋中的字條拿出，還讀起來。「投訴人說氣味是從〇七室傳出的，戶主的大門開了一條縫，令人作嘔的臭

味已傳遍整條走廊——」

小柔、張進和招仔三對眼睛狐疑地對望了三秒，當電梯到達十四樓時，梯門一開，一陣惡臭已湧至，是腐爛的臭味。三人強忍着，飛也似的跑到○七室門前。

大閘鎖上，但閘後的木門確是開了一道縫。

招仔按了幾下門鈴，裏面沒有任何回應。

「周小姐！周小姐！」招仔焦急得很，開始拍打閘門。

「救——命——」一道極為微弱的呼救聲，由門縫飄出。

「不要拍門了！請大家合上口！」小柔揚起雙手，示意眾人安靜。

「救我——快救我——」

* * *

「張小姐，你可否重複説一次？昨晚你見到周倩小姐在樓下停車場給一頭至少六呎半高的怪物襲擊？你從何判斷那是頭怪物，而不是一名生得高大的男性？」替小柔落口供的警員問道。

「我是憑肉眼去判斷囉！雖然那時是晚上十時多，而且我是在十二樓的窗子往外

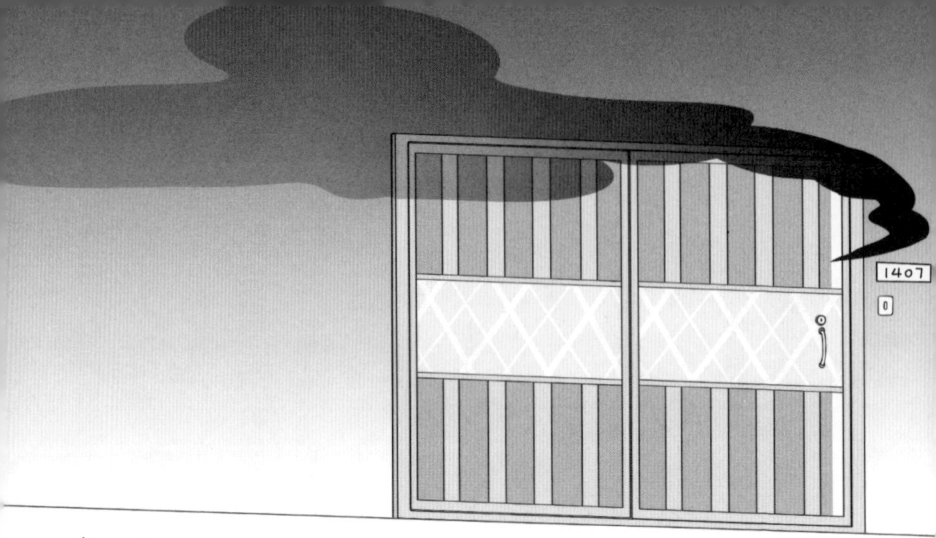

望，但，牠向周小姐施襲時，我曾向牠投擲東西，想引開牠的注意。牠轉臉向我時，我清楚看見牠的臉，那不是一張正常人的臉孔，而是一張動物的臉！」小柔道。

「動物的臉！一隻六呎半高的動物，出現在鬧市住宅區的一個停車場，還襲擊住客？我們是否在拍《妖獸都市》？」警員抿起半邊嘴，似笑非笑地問道。

「我說的全是實話！」小柔氣得臉也紅了道：「阿sir，你當時不在場，而今天你也沒有到周倩小姐的單位，沒有看到她的傷勢，你們也未有機會替她落口供。」

「醫生正替周小姐做手術，我們會待醫生評估過，到她情況許可，才會請她落口供。」警員道。

「若你有機會替周小姐落口供，你會發現，我們對施襲者的描述是極相似，到時你不會再懷疑自己是在拍什麼妖獸都市了！」小柔交疊着手臂，問道：「刑Sir呢？你們仍未找

到他嗎？」

「他放了一星期假，今天才回港，相信他沒可能接手這個個案了。」

小柔頹然地問：「你還有什麼東西要問呢？」

「除了那怪物之外，你還有什麼可以說？」警員問道。

「沒有了。」她搖搖頭道。

「那麼，麻煩你在這口供紙上簽名。」

踏出問話室，小柔見張進已站在門前等候她。

「被這些不知情的警員問話，人都快被問到抑鬱了！」張進搭着女兒的肩膊，道。

「不知道周倩小姐的情況如何呢？」小柔擔憂地問。

剛才，張進的開鎖匠朋友在數分鐘內便到，

在救護員到來之前已成功開了大閘。

穿着睡衣的周倩倒卧在大門前，右前臂竟然腫脹得如小腿般粗，而那股惡臭就是來自她臂上那正潰爛的傷口。大家七手八腳的把周倩扶起來，發現她渾身滾燙，並已失去知覺了，遂把她抱起，放到沙發上。

「嘩！她那個什麼傷口呢？肯定是弄傷了至少個多星期都沒有理會，才會發炎潰爛成這副樣子！」阿甘歎道。

「如果我告訴你，她是昨晚才給抓傷的，你一定不相信！」招仔道。

「昨晚才受傷？傷口會在二十四小時內演變成這副樣子？你不要騙我了！」阿甘一雙手在空中一揚，拒絕相信。

「招仔跟隨周倩小姐上救護車到醫院去，已有一段時間，不知道急救完沒有。」小柔自言自語地道。

「他說，她若有最新情況，會給我傳短訊。」張進道。

「我又餓又累，回家一定把你的炒飯吃個清光！」

「我的胃口已全無。爸爸你可以把我的一份也吃掉！」

七 被當作武器的手機

「咦？樓梯維修？」

平日，張進和小柔慣常用的一條上住宅平台的樓梯竟然因維修而要封路兩個星期，他們要改用其他通道了。

「不如就繞停車場的樓梯上吧！」小柔提議道。「今次倘若讓我再見那怪物，我一定會拍照做證明，要令所有人都相信我的話！」

「要在覺得安全的情況下才拍照！不要在牠飛撲過來時你還站定按手機拍照，性命緊要呢！」張進道。

「我當然明白！」小柔笑道：「爸爸你也要小心，要逃命的時候，你要兩手交替擺動，這樣跑速會快一點！還有，跑的時候，腳要提高一些……」

説着説着，兩人已走出停車場。

又是十時許，停車場寂靜一片，第二和第三盞照明燈依舊熄滅，第四盞燈更像聖

誕燈般一閃一閃，提早半年向住戶預報聖誕的來臨。

「這停車場的管理實在差勁，燈熄了，好幾天都沒有人更換燈膽！他們不是要待所有燈都熄掉才一次過更換吧？」張進埋怨道。

話剛説完，第四盞燈也熄滅了。靠入口的一段路驟變得黯淡，有一種令人發毛的詭異氣氛。

小柔連忙開了手機的電筒，以亮光照着前路。

兩人走着，頭頂突然一陣濕潤。

「竟然下起夜雨來？」小柔一抬頭，雨點便掉落她的人中。她轉頭正想跟張進説話，眼尾卻瞄到一個伏在牆上的黑影。

小柔拍拍張進的肩頭，以眼神向他示意，然後把手機電筒的光由地上轉移到牆上。

當光一移動到那黑影上，瞬間，一切都清楚了。

那是一頭全身墨綠色的怪物，有長尾巴，背上有一條幼幼的火燄似的紅色條紋，還有像吸盤一樣的四肢，可以緊緊吸着牆壁，令這六呎多高的怪物可以黐在牆上。牠

可以跑，可以爬牆，還可以做些什麼呢？

「嘩！怪物呀——救命呀——」

不知在什麼地方傳來一把粗啞的中年男人聲。人受驚，怪物也受驚了。牠轉過頭來，猛獸似的嚎叫一聲。雖然，牠的樣子極像侏羅紀世界裏的暴龍，但牠的叫聲卻是豬的嚎叫，而且非常低沉和聲量小，與牠的身型並不相配。

小柔呆了半晌，才省起要以手機拍照，趕忙把手機的電筒關掉。在舉起手機準備拍攝時，冷不提防這怪物向着她嚎叫一聲，俯衝過來！

她不得不轉身拉着爸爸向另一方向狂跑。

「哎——救命呀！」

那中年男人的呼叫聲在後方響起。

小柔扭頭一看，只見那男人跌倒在地上，而那怪物就在他身後，快要撲到他身上去了。

「你快給我走開！」她斥喝一聲，顧不得手上的是上月才購置的新手機，掄起手

便把手機向怪物飛擲過去，擲中了牠的頭，痛得牠怪叫起來。

「小柔，你……你剛才向牠投擲的……是……是否……」張進五官扭在一起，問女兒道。

「是！是我的新手機！但，爸爸，人命關天呀！如果可以選擇，我或會把我的球鞋擲出去，但，能夠救到人，就在一、兩秒之差。」

怪物在嚎叫了數聲後，又縱身一跳，爬上其中一幢大廈，飛快的翻到大廈另一邊了。

小柔急步跑到那中年男人眼前，見他坐在地上，遂關切地問道：「那怪物傷了你什麼地方？」

「幸好沒有！剛才牠只抓住我的皮包，沒有碰到我身體任何部分。」男人回道。

「但你的腳在流血啊！」張進指着他的膝頭，道。

「是我自己跌傷罷了。」他回道。

「我先替你報警。」張進道：「你還是去醫院讓醫生詳細檢查，比較安全。」

「那隻究竟是何方神聖？金剛來了香港？但，我剛才察覺到牠雙手有幾隻爪，有

救命呀！
你快給我走開！
痛！

爪的就不會是大猩猩了，牠還有血紅的眼睛，難道是哥斯拉……」

小柔見張進拿着手機報警，才記起要去尋回剛才被她當作武器般飛擲出去的手機。

搜尋了好一會兒，終於給她找回了。

以剛才那擲鐵餅似的力度投出去，擲中怪物的頭，再摔到地上，沒有支離破碎，只是熒幕裂了幾道縫，和機身的右上角有凹痕，該算是不幸中之大幸。

「你的手機沒有被分屍？真是奇跡！」張進報警後，見小柔拿着手機在嘗試開機，遂道：「不能開機是意料中事，明天帶去店舖請人檢查一下，看看能否救回。」

「我今晚重遇牠，可惜又是一張相片也拍不到。」小柔嘟着嘴，道。

「就算你拍不到也不用愁！」張進道。「剛才我報警，警方說這晚上，他們已接了幾個同屋苑的市民電話，不約而同說見到停車場有人形怪物出現，他們已派人趕來。我相信，今晚會有人拍了照片，甚至影片。有這麼多人證物證，警方不會再以為我們在胡扯了！」

八 他真的是喜歡我啊！

臨上牀時，客廳電話鈴聲大作，累透了的小柔，還是接了這通電話。

是宋基呢！

「本想跳上牀就蒙頭大睡了，但還是跟你談幾句吧！」小柔握着無線電話，索性躺到牀上去聊。「我和那怪物太有緣了，昨晚在窗旁遠距離邂逅過，今晚又再遇上。我發現原來牠跟我最怕的飛蟲一樣，手腳有吸盤，可以在牆上爬和飛撲下來！多可怕啊！今天本打算拍下牠的相片，卻失敗了。但我總算成功制止牠傷害人。剛才在現場向我問話的警員，似乎都是抱着懷疑的態度。倘若我有一張拍攝怪物較清晰的相片在手機，他們一定會認真對待這案件！還有一件事，就是——我會認真對待這案件！還有一件事，就是——我的手機報銷了。」

「我剛才致電你好幾次，都找不着你，心裏也猜到多少。你——沒有受傷吧？」宋基問。

「我和爸爸都幸好沒有受傷。今天遇上怪物施襲的一名途人，只是在逃跑時跌倒受傷。」小柔補充道。

「今天這名途人算是幸運，昨天的一名則不幸離世了。」宋基輕聲道。

「什麼?!你剛才說什麼?」小柔馬上從牀上彈起，驚問：「昨天的一名則不幸離世?你指的是誰?」

「不就是你昨天救回一命的白衣女人囉！剛才我看網上新聞，報道一名女子據稱昨晚在你們屋苑停車場遇襲受傷，延至今天傷勢惡化才送院治理，送抵醫院前傷者傷口已嚴重發炎含膿，已陷入昏迷。在大半小時前，傷者情況急劇惡化，於一時十七分證實不治。」

原來，我始終都救不了周倩小姐。

「小柔，那怪物就連續兩晚在你屋苑出沒，我真的擔心你們的安危！明天牠或許會改在清晨出沒，若碰上你上學時間，你背着沉重的書包，怎樣躲避牠的追襲呢?網上新聞沒有片言隻字提及怪物的出現，亦即是警方仍未正視事件，未有打算採取什麼實際行動來保障市民。所以，不如由明天開始，我親自到你家門口接你上學去，做你

私人保鏢，這樣好嗎？」宋基提議道。「我七時左右可以到你的家門！」

「你又不是住在我附近，要特意來接我上學，你豈不是要絕早起牀？」小柔聽到宋基想管接送，心裏暗笑，但口裏卻說不，明顯地表裏不一致。

「絕早起牀有何問題？能夠由我親自護送你回校和回家，我會更安心。」宋基由衷地道。

「你不用多陪伴你爸媽嗎？難得他們來到這時空，你不用帶他們四處遊玩？」小柔體貼地問。

「我爸媽是土生土長的香港人，他們來到二〇一七，就像走進小時候的回憶裏，哪用我當導遊呢？」宋基隨即又問道：「說起我爸媽，我又要問你關於上次那個約不成的飯聚。你這星期六可以來嗎？張叔叔也歡迎參與。」

他真的是喜歡我啊！愛屋及烏，連我爸爸也要邀請一同吃飯。

我究竟有什麼地方吸引他呢？

還是不想了。今天實在太疲累，我還是乖乖睡覺去，明天或會有更大的挑戰等着我。

九　保持純友誼關係

睡至朦朧之際，突然，耳畔傳來怪物的嚎叫聲。

「呀——」

小柔驚醒了，睜大眼睛在漆黑中由左至右搜索了一遍。

四周陪伴她的就只有寂靜，哪有怪物的蹤影呢？

她的睡意全給嚇跑了，這樣躺下去，想怕沒可能再入睡。她索性亮起房間的燈，在牀上坐起來。

凌晨四時半。

做什麼好呢？

明天的中史和數學小測，她早在周末時已準備好，不用再複習了。

小柔瞄一瞄牀頭書架上擱着的一大疊漫畫。

是竹山勁太送贈她的，是她整個家裏唯一的一套漫畫。

她伸手過去，就在當中隨意抽取了一本來看。

是系列的第十二集。

一看封面，小柔已打了一個寒噤。

書名竟然是——《藍天與蜥蜴人的決戰》！

書的封面上，由竹山勁太繪畫的蜥蜴人，比藍天要高出一倍，全身有墨綠色的鱗皮，面目猙獰，這跟小柔遇見的蜥蜴人相似度有八成啊！

竹山勁太怎會有預知未來的本領呢？

小柔在牀上盤膝而坐，揭開漫畫的第一頁，開始讀起來。

* * *

「早，小柔！」宋基準時七時正在小柔家門前出現。

「早晨，宋基！」小柔挽起書包，迎了上去。

「小柔，昨晚你睡得很好嗎？」宋基問。

「不！我半夜在噩夢中驚醒了，再也睡不着。」小柔關上家門，跟他走到電梯門。

「是嗎？但我覺得你今天精神煥發，還以為你昨晚的睡眠質素很好。」

「我昨晚睡不着，趁機看了一本書。」

「是什麼書呢？」

「一會兒在學校見到王梓和徐志清時，我才說吧！免得要說兩次。」小柔笑道。

兩人走進電梯後，宋基以嚴肅的態度問小柔：「小柔，其實，你可否坦白告訴我，你和王梓、徐志清是什麼關係。」

小柔料不到他會有此一問，不知該如何回應。

「我們……自中一開始便認識了，大家一見如故，許是志趣相投，所以……我們很快便成了好朋友。唔，我們該是好朋友的關係囉！」平日口齒伶俐的小柔，今天在界定自己和兩個男同學的關係時，卻猶疑不定。

「是好朋友？即是友誼永遠都不會昇華至情侶，對嗎？」宋基要確定一下。

小柔咬咬牙，道：「將來的事，沒有人可以保證。不過，以目前情況來說，我和他們會保持純友誼關係。」

「不過，他們對你呢？也是一樣？」

電梯門一開，宋基道：「我認為他倆都有意和你進一步發展。」

「他們的心怎樣想，我不知道。」小柔頓了一頓，道：「若果你想搞清楚，直接問他們吧！」

兩人一直走至車站，宋基都沒有作聲，怎料就在馬路邊停下時，他突然道：「這主意不錯，我會問問他們。」

「宋基，我只是開玩笑罷了！這樣的問題，就算你問了，人家也未必會跟你說出真實的答案，恐怕還會影響大家的感情。我不希望大家連朋友也做不成。」小柔試着解釋道。

「若果你有這樣的擔憂，那麼，我不問就是了。」宋基順從地道。

* * *

回到學校，當小柔把漫畫集取出，大家的注意力馬上被攝住了。

「藍天與蜥蜴人的決戰？」王梓馬上把漫畫集拿在手中翻閱。

「已經不是第一次了！在小柔身邊發生的複雜案件，當中的案情會出現在竹山勁太的漫畫系列裏。他好像有奇異的預知未來能力，還要是預知未來三十年發生的事情。」徐志清把頭湊過去，一邊看一邊道。

「漫畫裏的蜥蜴人本來只是一條普通的蜥蜴。牠爬入了學校實驗室覓食，意外掉進了實驗室的化學物品裏，吞下了許多化學物料。逃出來後，被一名患有精神病的流浪漢生吞掉了。在一個日蝕的晚上，流浪漢身體出現變化，變成一隻比他身型龐大一倍，全身有鱗皮，手腳有爪，孔武有力的蜥蜴人。

「變成蜥蜴人後，他性情暴戾，變得愛攻擊其他生物和人類，甚至把牠們吞噬。」

「這麼兇殘的蜥蜴人，藍天如何跟他決戰？」王梓看到中段，停下來問。

「當然是運用智力！用策略！而且，在這一集裏，藍天已和朋友組成了偵探小組，幾個人幾個腦袋，一起商量計謀，最後成功擒獲蜥蜴人，把他交給警方。」小柔回道。

「小柔，你就讓我做你的偵探小組成員吧！」徐志清馬上道。

「我也要加入啊！」王梓急道。

「等一等！我想看清楚一些東西！」宋基把漫畫拿過來，翻到封面，又再翻閱內文，想了想，恍然大悟地道：「小柔，記得嗎？那天，竹山太太的契女致電你，說竹山太太短暫從昏迷中醒來，說了藍天的名字和幾個字，我有些印象，其中一個是數

字：十二，碰巧就是這本漫畫的集數。另外幾個字是白衣女子、救人、U。小柔，你已經找到那白衣女子，並已盡力救人，接着又在U座找到她，把她送院，你可做的都已經全部做了。你是問心無愧的。」

「那麼，還有幾個字：下、水、貝貝蝴蝶，又是什麼意思呢？難道我要在水裏尋找那種怪物？貝貝蝴蝶又有什麼含意？沒有一種蝴蝶叫貝貝蝴蝶啊！」小柔托着頭道。

「小柔，不用急！給自己多點時間，你自會明白這些字的意思！」

* * *

這天，小柔和宋基等吃過午飯後便返回學校。在校門口遇上工友美姐。

「張小柔同學，我一直在等你！你快跟我來！」美姐一見着她，硬把她拉到校務處裏面的會客室。

會客室裏坐着的是校長和小柔一直期待的刑Sir。

「張小柔，刑Sir今次到來，目的又是請你協助調查一宗案件。你常有機會跟刑Sir學習，相信很快可以成為見習小刑警了！」校長打趣道。「我失陪了，你們慢慢談

吧！」

校長一走，小柔長長歎了一口氣，道：「刑Sir，我等你回港等得很苦啊！其他的警員都不相信我的話，全都當我『大話妹』，我花這麼多時間落口供，都是白費心機！」

「不好意思啊，小柔！我難得和家人親戚去旅行數天散散心，昨天已接到同事的訊息，說有件『另類』案件適宜由我來接手。昨天我回港便馬上返回辦公室看資料和口供紙，看到你和張進的名字，心裏想：我和你們真的有緣啊！」刑Sir微笑道：「而你們又碰巧地總是遇上這些非一般的案件！」

「我也不希望有這些牽涉人命的事情發生，但事實是：古靈精怪的事情總是在我身邊出現。」小柔道。「不過，幸好遇着刑Sir你這個願意聆聽和相信我的探員，否則我會被以為是精神病患者！」

「我相信小柔你的話，但今次你口供描述的施襲者，似乎不是一個人，而是一隻怪物。你要一般同事相信你的話，不容易呢！」

「我已連續兩晚看見那怪物，第一晚由十二樓往下望，第二晚則是在停車場近距

離看到。兩次接觸，我都沒機會拍照，手機更在第二晚摔破了。雖然我沒有相片可以提供，但第二晚怪物在停車場出現時，有其他住客見到，並報警了，難道沒有人拍到怪物的照片？」

「有，可惜相片全都不清晰，沒法看到怪物的全相。」

「第一晚，我看見住客周倩被怪物襲擊，傷了手臂，翌日她的傷口嚴重腫脹發炎，送抵醫院當晚已不治。周倩小姐是本身有長期病，抑或是因為被怪物所傷的傷口感染或是怪物的爪帶有毒液，這些我都不得而知，但，怪物會向人施襲，對廣大市民構成危險，這些是肯定的。」

「我們正等待周倩小姐的主診醫生遞交詳細死因報告和驗血報告——」

「會驗屍嗎？」小柔問。

「我們正嘗試聯絡周倩的家屬，要得家屬同意才可以驗屍。」刑Sir又說：「我們也想快速破案，但某些事情總要跟着程序來辦，急也沒法。」

「明白了。」

「在昨天錄的口供裏，你說那怪物除了會跑，還會爬牆？」

「是的！我指的是徒手爬牆！牠並非靠繩索或攀爬工具爬牆，牠只靠手腳！我相信牠的手腳有吸盤，讓牠可以像蜥蜴般靈活攀爬。」

「像蜥蜴？」刑Sir再一次問。

「是！我昨天已多次跟向我問話的警員提到『蜥蜴人』三個字。我真心覺得牠是人和蜥蜴的混合體。牠有強烈攻擊性，手腳長，跑得超快。人遇上了牠，要馬上逃跑，否則有性命危險。」

「你跟牠近距離接觸過，你認為牠明白人的説話嗎？會否有人的思想？」刑Sir問。

「牠的雙眼是紅色的，一看見人便張牙舞爪。我兩次跟牠説話，都是喝止牠襲擊人，牠當然沒有用説話回應，你問我究竟牠是否明白人話，又或者牠有否人的思想，我無法知道。不過，牠若是有丁點人性，就不會兇殘地向人施襲啦！」小柔道。

「明白！我會儘快整理出一份報告，同時向上司申請調派人手到你們屋苑加緊巡邏。」刑Sir答應她。

雖然很多事情都在預計內會進行，但還是遲了一點。

十 內心的創傷

「我爸爸該快回來了。你們是時候回家啦！」小柔跟坐在客廳的三個大男孩道。

「回家？現在才七時罷了！我家的晚飯時間是八時半，況且，我們還未溫完Chem quiz！」徐志清道。

「未溫完便請回家繼續吧！你們也該知道我這區最近有什麼出沒，趁天還未黑齊，早點離開吧！」小柔游說他們道。

「給我們多十分鐘，好嗎？」

家裏的電話響起了。

「喂！爸爸，我沒有煮飯啊，今天有三個同學硬要護送我回家，來了又不願離開——」小柔接了電話，向那邊廂的爸爸投訴。

「Uncle，uncle，不是這樣的！我們正在執拾，準備離去啦！」王梓和徐志清嚇得在電話旁叫起來。

小柔不理他們，笑着繼續講電話。

「啊……明白了。我跟他們說吧！」

甫放下電話，小柔便道：「爸爸說，港鐵觀塘線至太子站又有故障，有網民說等半小時都未有列車。爸爸現在駕車回來，說可以在停車場門口接你們，送你們到旺角或太子站，以免你們遲遲未能回家。不過，你們有沒有膽量在停車場門口等他呢？」

三個大男孩交換過眼神，以超乎想像的淡定語調回道：「有！當然有！區區一隻蜥蜴人，嚇不到我們的！」

「如果你們都想搭順風車，五分鐘後便要到達停車場門口。爸爸說：逾——時——不——候！」小柔低聲笑道。

三人焦急起來，把桌上所有書本筆記文具往書包裏倒，拎起外套便在大門後列隊待小柔開門。

「原來只要有人推動，你們的行動可以是超音速。」小柔沒好氣地道，打開了大門。

「你們懂得走往停車場門口嗎？要不要我送你們一程？」

「不用了！你送我們一程，我們也要把你送回來，這樣送來送去，只會互相折騰

至大家筋疲力倦。你就安坐家中等uncle回來好了！」

*　　*　　*

三人在夜風中站了好一會兒，仍未見張進的車子。

「這兒是否停車場入口？我們有否站錯地方？」徐志清交疊雙手，眼望前方，問道。

「停車場大閘就在我們身後！這兒不是停車場入口的話，可以是什麼呢？農場入口？」宋基反問他。

「不過，現在已是七時十五分。張進叔叔剛才要我們在七時五分到這兒，為何他則遲遲未出現？莫非——」徐志清緩緩把頭轉過來，問道。

「你不要胡亂說話！張進叔叔英明神武，才不會那麼容易給蜥蜴人捉去！」王梓打斷他的話，道。

「你也認為他們口中的怪物是蜥蜴人？」徐志清道。

「我……只是衝口而出。究竟牠是否蜥蜴人，讓我遇上牠一次，便會知道！」王梓回道。

「你真的有膽量見蜥蜴人？」宋基不可置信地問。

「小柔也見過蜥蜴人了，我怎會沒有膽量見？」王梓不服氣地道。「你太小看我了！」

「喂喂喂，你們不要吵了！看看迎面而來的那一架是否uncle的車？」徐志清喝止了他們。

向着他們駛來的車子，車頭燈大開，但車牌號碼則因反光而看不見。

「我相信該是了。」王梓道。

「咦？為何這部車子好像是向我們衝過來？」宋基警覺地道。

「是的，這部車子要撞向我們！大家閃開呀！」徐志清驚叫道。

大家四散閃避的時候，回頭一望，只見這車子向前直衝，筆直的撞向前面的東西——蜥蜴人。原來，在他們等候的時候，蜥蜴人正靜靜的向着他們衝去。

蜥蜴人嚎叫起來，一跳跳高，避過了車子猛力的撞擊。

「呀——」王梓在半米之內看見巨大的蜥蜴人站在面前，嚇得怪叫一聲，跌坐到地上。宋基見狀，馬上伸手把他扶起。

咦？為何這部車子好像是向我們衝過來？
大家閃開呀！
呀——

「快上車吧！」張進向他們吼道。

徐志清開了後座的車門，飛撲上車，並在蜥蜴人追上來前半秒把車門關上。蜥蜴人撞到窗玻璃上，痛得仰頭喊叫起來。張進突然把車子往後退，似乎要急速逃離此地。

「Uncle，我們還未上車呀！不要丟下我們，不要丟下我們……」躲在石墩後的王梓暗道。

「Uncle並非要離開，你放心好了！」宋基蹲在他身後，安慰他道。

「你怎知道呢？」

「Uncle絕對不會把我們丟在這兒。你看！」宋基指一指入口那方。

張進把車往後退了十米左右，然後停下來，加速駛向前，向着蜥蜴人撞過去，可惜撞不着牠，蜥蜴人一瞬間便跳到大廈牆壁上。

張進乘機把後座車門打開，招招手要他們上車。等待宋仲基和王梓也上車了，大家才長長的吁了口氣，小柔恰巧就在這時來電。

「王梓，你們都上車了？」毫不知情的小柔問道。

「我們是剛剛上車的。」王梓拿着手機，按了免提，好讓大家都聽到。

「剛剛才上車？是我爸爸遲到了？抑或是——你們碰上了蜥蜴人？」小柔驚問道。

「兩個猜測都對了！」張進回答。

「你們當中可有人受傷？」

「看到的傷就沒有，但內心的創傷，肯定有！」張進苦笑道。

「Uncle，我哪有內心創傷呢？」王梓馬上否認。

「你的臉色仍然發青，只是你不自知罷了。」張進嘴角一抿，似笑非笑地道。「我第一次見蜥蜴人，心裏也很慌張，這是自然反應，沒有人會嘲笑你。」

「現在那蜥蜴人呢？」小柔又問。

「施襲不遂，攀牆逃跑了！」張進回道。

「小柔，剛才你在家裏沒有看出窗外嗎？」王梓又問。

「你以為我家裏的窗是三百六十度環迴立體的嗎？我沒可能全個停車場由入口到出口每個角落都清楚看見！」

小柔頓了一頓，又問道：「那麼剛才你們該是沒法拍到蜥蜴人的相片吧？」

「我們逃命也差點來不及，還怎可以騰出時間用手機拍下牠的玉照呢？」徐志清反問她。

「說到相片，小柔，手機維修店剛才致電我。」張進說道。

「是嗎？手機那麼快便維修好？」小柔興奮地道，但回心一想，又問：「抑或是人家說我的手機壽終正寢，沒法維修呢？」

「其實，手機還可以開啟，但被你摔到殘破不堪，維修員提議你不如買過一部。」

「我都猜到這個結果。」

「不過，維修員說看到手機裏最新的幾張連環快拍相片，非常震撼，他還把相片發了給我看。」張進道。

「我想馬上就看到！」小柔焦急地道。

「我現正在駕駛中，還是待我回來後再給你看。」

十二 救人要緊

幾張連環快拍相片？

「我從來也不會按連環快拍，為何我的手機裏會有幾張這樣的相片，還會令維修員感到震撼的？究竟我拍了些什麼呢？」小柔一面把洗好的菜放在鍋裏，一面在想。

「呀——」

窗外傳來女人的尖叫聲。

小柔馬上熄了火，跑到窗邊往下望。

又是牠——蜥蜴人！

牠正伏在十樓或九樓的外牆，爪子抓着一個單位的鋁窗，使勁的拉扯。

牠孔武有力的樣子，可能真的可以把整個窗扯下！

小柔順手把掛在牆上的鑊鏟取下來，瞄準牠一擲。

擲中了！蜥蜴人嚎叫一聲，抬起頭來，與窗前的小柔四目交投，然後以全速向着

她爬過來。

牠快，小柔更快。她伸手出去把廚房的兩隻窗「霍」的關好，並鎖上窗花。

蜥蜴人狠狠地拍打了窗玻璃好幾下，見無法進入，遂退回去剛才的單位，拉扯那個已頗為殘破的鋁窗，「嘭」的一聲，那窗子終於被扯下了。

小柔心裏想：救人要緊！

她跑到十樓，全層都非常平靜，那麼，這該不是蜥蜴人襲擊的樓層了。她再往下跑，還未到樓梯盡頭，尖叫聲便傳來了，一直把她引領到受襲的單位。

這時，電梯的門打開了，出現的竟然是招仔！

「你怎會來了？」小柔問道。

「這層樓的住戶打來保安部，說聽見鄰居尖叫救命，我已是全速跑過來了。」招仔道。「致電來求助的是這一層的〇八室，他說聽見在他附近的鄰居求助，那應該是……」

「救命呀！」

〇九室的大門和大閘「刷」的打開了，一個女人抱着一個嬰兒狂奔出來。

「有隻……有隻大怪物……由窗外爬入我家裏……」女人臉色紫一片青一片，

囁嚅地道。「可否替我報警？不……還是不要警察來，是要一隊軍隊來！牠……實在……太可怕了！」

「那隻怪物就在你的家裏？」招仔瞪眼問道。

「是的！牠很巨大！頭頂到我的天花板，還一口把我的吊燈咬了下來！我——我——我——不說了，我和BB要走了，你代我報警或找軍隊吧……」女人說完便馬上跳進電梯裏。

「你先把手機借給我吧！」小柔跟渾身顫抖的招仔道。「我認識一位阿sir，他相信我所說的話，也是這個案件的總負責人。讓我找他吧！」

*　*　*

「我大概十來分鐘便可以到達。小柔，你要答應我，千萬不要做傻事，不要嘗試自己去和牠拼個你死我活，要找個安全的地方，冷靜地等待我到來處理。」刑Sir在電話那端叮囑她道。

然而，小柔豈能夠冷靜地等待警方到來呢？

當○九號室傳來貓兒的悲鳴聲，小柔又馬上超級英雄上身了。

「招仔，你在這兒等待刑Sir來吧！」她道。

「那麼，你呢？」

「裏面有隻喵星人有難，我當然要入去拯救！」小柔不理他，一個閃身便進了○九號室。

客廳淩亂一片，書架和陳列櫃上的物件四散一地，天花上的吊燈躺在地上，粒粒水晶星星般在地上閃耀，但，放眼望過去都沒有蜥蜴人的蹤影。

牠這樣巨型，不在客廳便一定在睡房了。

小柔走進廚房裏，從刀架上抓起一把最長的刀，提着心，躡手躡腳的走到睡房門前，從半掩的門望進去，蜥蜴人正伏在地上，頭插進碩大的雙人牀下底。而貓兒的半截尾巴就從牀冚下露了出來。

小柔深呼吸了一下，把房門推開，靜悄悄走到牀沿，把牀冚輕輕拉高，便看見這隻貓胖胖的屁股。

她放下了刀，彎下身子，兩手抱着貓，把牠從牀底扯出，才知道原來牠是一隻大肥貓，抱着牠好像抱着一包五公斤的米！小柔顧不得了，一個轉身衝出睡房，順手把

房門關上，怎料蜥蜴人竟然破木門而出，追着小柔！

「招仔，快跑！」小柔高聲道。

「等電梯抑或行樓梯呀？」招仔還問。

「還用說?!當然是樓梯！」

小柔以人生最快的速度由十二樓連跑帶滾衝至樓下，轉頭一看，蜥蜴人竟然窮追着她，而剛才還一起跑的招仔呢，已經不知所蹤。

她沒辦法再細想他的去向了，跑至大廈的鐵閘，要開閘時，卻發現鐵閘的開關掣竟然在這重要的時刻壞掉了，而平時坐在更亭的老看更也不知往哪兒去了！

「我不是要被困在這開不到的大閘前等死吧？」小柔喃喃自問道。

懷中的貓兒好像懂得人類語言，掙扎着跳到地上去，縱使身體肥大，也拼命從門縫中鑽了出去。

貓兒安全了，那麼，小柔呢？

蜥蜴人也來到走廊了，看見小柔，馬上張牙舞爪的向她衝過來。在情急之際，

小柔跳進更亭裏，竟見枱下有一個小小的按鈕，寫着開閘。她按了它一下，閘門馬上

「咔嚓」開了！

她從枱面飛身滑過去，推開了閘門逃跑了。蜥蜴人撲了個空，頭直衝向牆上去，痛得牠怪叫了一聲，定一定神，也學着小柔推開閘門走出去。

* * *

貓兒是小柔從別人的家裏救出來的，牠掙脫了，她一定要追。

貓兒縱使是胖胖的，牠還是跑得和一般貓兒一樣快。

不知是什麼吸引牠，牠竟然筆直走到港鐵站裏。

「可否替我截着那隻貓咪？」

小柔向零星的乘客作出請求。可惜，沒有人理會她。

貓兒穿過付款閘口，跑進港鐵範圍了。小柔見狀，無可奈何地也取出八達通入了閘。

貓兒跟着途人跳上了扶手電梯，直到上層月台，小柔只好跟着牠走。

月台兩面恰巧都有列車到站。

車廂門開啟了，貓兒跟着人衝了上車，小柔也尾隨牠走入車廂，就在車門快要關

上前兩秒，牠——蜥蜴人——也走進車廂來！

在車門附近的人見狀，全都驚呼嘶叫起來，有人想馬上離開車廂，可是，車門就在這個時候關上，列車開行了。

「救命呀！有怪物呀！」一個年輕的女人站起來叫道，然後往車廂尾直衝。

車上的乘客並不算多，但集合起來，全體往車廂尾奔逃，場面也頗震撼。

有乘客嘗試以車廂的對講機告訴車長，有「異物」進了列車，但說不了半句，蜥蜴人便已經跑到，兩眼閃着紅光，兩隻利爪在車廂地面磨擦着，發出「刮、刮」的聲音，乘客只好放棄向車長求救，逃命要緊。

一名戴黑邊眼鏡，孭着背囊的年輕男乘客邊跑邊以手機拍攝蜥蜴人，小柔馬上跟他道：「還是先逃命吧！這怪物跑得很快的。」

「我是生泉日報記者，我絕不能錯失這獨家猛料！我會保護自己的了。放心！」他回道。

有推着嬰兒車的媽媽，抱起車上的嬰兒便跑，有推着行李箱或攜帶一包二包的乘客，連隨身的東西也不要了，丟下便逃。

蜥蜴人跑了幾步，該是因為設置在車廂中間的鐵柱妨礙其行動，牠突然跳到窗玻璃上，向前爬行，乘客見牠這個舉動，更是驚慌，車上的尖叫聲不絕。

「喂喂！你幹嗎停了在這兒呀？不要顧着拍照，快跑呀！」

小柔見記者蹲在通道上，手握相機擺好位置，似在迎接蜥蜴人向他迎面一撲，便上前扯着他的肩膊，催促他逃命。

「我要一張這怪物的正面相放在頭版！」記者非常堅持。

「用性命去搏取一次做頭條的機

會，不值得哦！」小柔道。

「什麼對我來說是值得的，我知道！」

記者在通道中央站定，待蜥蜴人撲近，才以手機連環快拍了數張相。

在他要轉頭逃命時，蜥蜴人已衝前，用爪子把他撲倒了。

「喂喂！望這邊呀！」小柔拍打着一個乘客遺下的棗紅色行李箱，試圖吸引蜥蜴人的注意，然後把行李箱猛力推向牠。

蜥蜴人真的轉而撲向那行李箱，記者才得以爬起來。

「你有受傷嗎？」小柔拉着他邊

跑邊問。

「我該沒有！謝謝你！」記者道。

「該是你那個堅實的背囊救回你一命！否則，蜥蜴人的尖爪一定刮傷你！」小柔翹起一邊嘴角，笑道。

「咦？你有仔細研究過這怪物？你確定牠是蜥蜴人？」記者扯着她追問。

「我在兩晚前才見過牠，確是跟牠交過手，知道牠有一定的危險性。我第一晚嘗試救的一個女人給牠抓傷了，翌日她的傷口嚴重發膿發炎，她送院後已昏迷，當晚便死去了。」小柔照直道。

「是嗎？有這樣的事？但報章並沒有報道，醫院也沒有公布過，警方也沒有開記招講述有怪物出現！」記者驚訝地道。

「曾有網上新聞不太詳細地報道過，但報章或電台電視台都是零報道。」小柔怨道：「甚至我在警署落口供時，警方也表明不太相信我的口供，覺得蜥蜴人是我幻想出來的——」

「救命呀！」

小柔身後有一個跌到地上去的中年男人，向她求救。她當然拔刀相助，回去把他扶起，繼續向前跑。

「叔叔，加油！多跑一會兒吧！列車快到站了！」小柔鼓勵他。

小柔話剛說完，列車車長卻傳來一則廣播：「因港鐵訊號發生故障，列車服務將會受阻——兩分鐘，敬請原諒！」

「什麼？撞正這個時候受阻?!」中年男人喊道。「看怕我們全要給這怪物吃掉了！」

「不用怕！我們齊心協力對抗牠，一定可以打敗牠！」小柔大聲說道，目的是說給自己聽，好讓自己壯壯膽。

「我們連基本的武器也沒有，怎樣打敗牠呢？」中年男人問道。

小柔四處望，搜索可用的武器。「有了！有了！這些不就是最佳的武器嗎？」

十二 決一死戰

列車還未到站，卻緩緩停了下來。

「列車服務受阻三分鐘，敬請原諒。」廣播傳遍車廂。

小柔和六七十名乘客全聚集在列車最尾一卡，其中小柔和另外五個乘客手持着「最佳武器」站在最前方，另外十幾個乘客則手執手提電腦、背囊或公事包當盾牌站在第二層，其餘的人就站在最後方，大家都靜待蜥蜴人爬過來，決一死戰。

「剛才說受阻兩分鐘，現在就變了三分鐘，你認為我們可以支持到三分鐘嗎？」中年男人問小柔道。

「我們是有戰略的，當然可以！」小柔誓要增加大家的士氣。

「剛才我打999報警，說有怪物走進行駛中的港鐵列車，那接線生初時聽到，還以為我在惡作劇，叫我不要亂說話。我馬上補充，我是聖路爾加書院的訓導主任，我怎會玩電話作弄警方呢？最後他才相信我，答應會派警員到下站月台等候。不過，我

們會否在列車一到站便見到警員，我就不能肯定。」乘客當中原來有一位老師已報了警。

「謝謝你報警！希望他們能夠火速到達下站月台。」小柔由衷地道。

「唉——我已工作了十幾個小時，身心疲憊，只想快點回家休息，料不到會碰到這隻怪物在車廂。我只想保着性命，儘快回家！」有乘客道。

「列車又開行了！」有人道。「希望不要再受阻，飛快到達下站！」

「大家做好準備，蜥蜴人到來了！牠和我們只相隔一個車卡！」小柔提醒大家道。

生泉日報記者又走到最前方，舉起手機作準備。小柔馬上走到他身邊，說：「我不制止你拍照了，但讓我保護你吧！」

記者聽了，馬上把手機轉向小柔，為她拍了幾張相片。

「為何要拍我？」她問道。

「你剛才說話時非常有氣勢，我一定要做個記錄！我會把你的英勇事跡加插在報道裏。」記者回道。

「那是你的報道，由你決定吧！」小柔聳聳肩道。

「剛才我沒有介紹自己，我叫廖明強。妹妹，你叫什麼名字呀？」廖明強問。

「張小柔。」

「媽咪呀！那怪物來啦！牠的樣子很可怕呀！」後面有女乘客哭起來。

「牠比蟑螂更要核突！」

「不用怕！牠只是一隻體型較大、又較醜陋的生物而已。我們人數這麼多，應該可以擊敗他！」小柔再穩定大家的心。

蜥蜴人仍然是爬在玻璃窗上，一步一步的逼近。列車仍然向下一站進發，不過速度較平日為緩慢，能否在預定的三分鐘內到站，仍有變數。到站後又是否馬上有支援呢？抑或會有另一批毫不知情的乘客在各個車門等待着被送入蜥蜴人的口中？

蜥蜴人又停了下來，火紅的眼睛蠕動着，環視四周。

「牠是否由人變成的，就像變形俠醫一樣？如果牠根本是人，我們會否有辦法勸服牠不要攻擊呢？」乘客當中有人自言自語地問道。

「這是真實環境，不是電影或小說。我們沒可能知道牠是否一個人，就算牠是，或許牠已狂性大發，不會聽從我們的勸說。」有人悲觀地道。

＊＊＊

列車忽然回復正常的行駛速度了，蜥蜴人同樣也加速向着他們走過去。

列車由隧道駛出地面了，街燈的光通過車窗玻璃攝進列車。蜥蜴人又停頓了，和乘客只有三四米的距離。

小柔覺得要主動出擊了，遂拿起她的最佳武器——滅火筒，向着牠的臉狂噴。

「這是我們送給你的禮物！」

白沫黏在牠的臉上，嚇得牠仰天一叫，旋即往後退。

這時，有乘客雀躍地說道：「看見月台

了！我終於看見月台了，列車快到站，我們可以逃離這兒啦！」

小柔轉頭一看，正如她所料，月台只有等待上車的乘客，未有前來相助的警員。她立刻走到列車對講機前，與車長對話。

「車長，我是車廂的其中一名乘客。終於有機會跟你說，這列車上除了我們外，還有一隻巨大的兼有攻擊性的怪物，我們暫且喚牠作蜥蜴人。一會兒，列車到站，我們幾十名聚在最尾一卡車的乘客，可以趁機逃走，但在月台候車，正蒙在鼓裏的乘客，則全都要面對被攻擊的危險。我懇請你告訴月台的同事有關蜥蜴人的事，馬上疏散乘客，否則，後果嚴重。我重申，我並非在胡言亂語恫嚇人。」

小柔說畢，沒有等待車長的回應，便返回最後一卡車廂。

列車車速減慢了。從車窗一邊望出去，是熟悉的景物，從車廂另一邊望出去，是一張又一張陌生的面孔，這站的乘客正靜靜等候上車，對下一刻將會發生的事，完全沒有心理準備。

「車長似乎不相信你的話啊！」有乘客跟小柔道。

「不相信也沒辦法了，他安坐在車長廂裏，看不見後面發生的事情。而剛才我說

的那番話，都有一點天方夜譚。唉！若果車長可以出來，到車廂去親自看一看這蜥蜴人，他自會相信。」小柔無奈地道。

列車終於停下來了。小柔和數十名乘客都站在車門前，等候門一開，便飛也似的衝出去。然而，車門並沒有開啟。

「不是又到車門有故障吧？」有乘客問。

「站長廣播，站長廣播，乘客請留意。車廂裏有不明物體，為免對乘客構成危險，請所有乘客馬上離開月台！列車車門會在十秒後打開，為免遭遇危險，乘客請馬上離開月台！」

「十秒！還要等十秒，我們才可以逃離這車廂！」有乘客抱怨道。「那怪物千萬不要跑回來哦！」

「若果牠回來，我仍有機會跟牠拍特寫！」記者仍癡癡地想着他的獨家新聞。

「你有命跑出這車廂的話，才可以刊登你拍的特寫。」

小柔看着月台的乘客滿臉疑惑的逐一離開月台，心裏道：「謝謝車長你終於相信我的話！」

「還有七秒！六秒！五秒！糟了！怪物又回來啦！」

蜥蜴人又從前幾卡車廂向着他們跑過來了。

「不要緊！還有三秒，兩秒，一秒！」

車門果真開啟了，小柔和一眾乘客馬上飛奔離開車廂。

小柔回頭一看，見長長的列車，只是最尾一個車廂的門開啟了。車長是有心只讓乘客離開，把蜥蜴人困在車廂裏。

可是，蜥蜴人並非愚昧無知的，牠迅速的跑到最尾的車廂，在車門關上前，成功衝出了車廂！

* * *

車門關上了，列車向着下一站前進。衝出了車廂的乘客，已紛紛往電動樓梯鑽進去。小柔不放心，留在月台上，在電動樓梯入口後的位置觀察着蜥蜴人。

蜥蜴人就在空無一人的月台上躊躇，在牠身後的列車已駛走，月台的站長也撤退了，牠緩緩的向着電動樓梯入口前進。

小柔為避開牠的目光，轉到入口比較後的位置。

蜥蜴人一步一步向着往下的電動樓梯入口走，越走越近，就在這時，上月台的電動樓梯竟然有兩名女乘客上到來！

「救命呀！那是什麼怪物呀！」

「我怎知道呀？我們不是來了蜘蛛俠的片場吧？」

在蜥蜴人向她們衝過去時，她們尖叫起來，想馬上從月台跑下去，但，向上的電動樓梯不容許她們這樣做。蜥蜴人看到她們了，嚎叫一聲轉向着她們狂奔。

「快走呀！我不想死呀！」

「我們在月台狂走也沒用，一定會給牠捉到。我們要回到樓下大堂才行。普通樓梯在哪兒呀？」另一個女乘客問道。

「往下的電動樓梯在這兒呀！」小柔向她們大叫並招手。

兩名女乘客馬上跑向她。

「我們快到樓下大堂吧！」

小柔在前面引領着，三人終於平安到達樓下大堂，迎面而來的就是幾名軍裝警員，全都帶備長槍。

「月台上還有沒有乘客呢？」其中一名警員問她們。

「剛才我見月台上的乘客應該全部走了。」小柔回道。

「好！謝謝你！」

警員伸手按了扶手電梯的緊急煞停掣，然後在停頓了的電梯跑上去。

終於有警員接手了，小柔覺得自己可以功成身退。

和兩名女乘客分別後，她在港鐵站出口附近竟然重遇胖貓兒！

牠在出口前來回走着，好像在等待小柔到來帶牠回家。

「你這頑皮貓剛才越叫越走，現在就癡癡地等我？」

小柔抱起牠，往回家的路走。

十三 終於承認蜥蜴人的存在

「終於等到你回家了！這晚的等待真是極之漫長！」張進打開大門，一見小柔，馬上緊緊擁着她。

「爸爸，我只是沒有見你一個晚上而已！」小柔的臉被埋在他的胸膛上，幾乎說不出話。

「我的感覺是仿如隔世了！」張進說道。「是你媽媽在天上之靈保佑着你！」

「既然你會這樣想，根本不用擔心我！」小柔笑道。

「我怎知道你媽媽會否因為太想念你，而突然改變主意，想你早些去陪伴她呢？」張進稍稍放開她，道。

「爸爸你真的可以放心，我比你更加懂得照顧自己。」

「好了好了，什麼都是你最棒！快告訴我你今晚往哪兒去了！」

「我本來是乖乖在家準備晚飯，怎料，我聽到有人求救，便不得不出手相救……」

小柔坐到沙發上，向爸爸原原本本地描述了晚上發生的事。

「你多次遇上蜥蜴人，都安然無恙，真是不幸中之大幸。」張進聽了，道。「我回來時，在樓下碰到刑Sir，他説是你致電他，説見到蜥蜴人，但當他到達時，你並有沒有聽他的話，留下來等他，而是追着蜥蜴人跑掉。不過他説早知你的性格不會乖乖地留在最安全的地方！」

「雖然刑Sir認識我不算很久，但他很了解我。」她道。「爸爸我現在真的很餓！你有沒有買晚餐呢？」

「剛才你不是淥了些菜嗎？你餓的話可以馬上吃？」

「那是幾個小時前的事了！」小柔愁起臉道。

「跟你開玩笑罷了！你爸爸我當然是買了美味的晚餐待你回來吃啦！」

「Yeah！」小柔剛才拉長了的臉登時變成一張笑臉。

「在吃晚飯前再給你一樣驚喜！」張進從衣袋裏掏出小柔的手機。

「嘩！我的手機呀！已經修理好？」小柔尖叫起來。「爸爸你還替我換了新機殼？爸爸你真是全世界最好的！」

張進開了她的手機。「你看看這幾張相片，相信是你向蜥蜴人飛擲手機的時候，不知怎的按着了連環快拍，竟然給你糊裏糊塗拍到幾張牠的大特寫！」

小柔仔細看看這幾張大特寫，全都是牠的正面和側面，還有一張聚焦在牠火紅色的眼睛。「皇天不負有心人！終於給我拍到牠的大特寫了。待我吃完飯後就轉發給刑Sir！」

兩人開了電視，切換到新聞台，邊吃邊看。

剛說曹操，曹操便到。

「咦？刑Sir又上電視啦。」小柔把一大塊薄餅塞進嘴裏，一邊咀嚼一邊說。

「根據警方目前掌握到的資料來看，連續兩天在詠華花園和今天黃昏時分在港鐵站出現的施襲者，有可能並非人類。」刑Sir神色凝重地說道。

「據多位目擊者的形容，和他們提供的相片及影片，警方已經知道牠的外貌和行動的模式。牠超過兩米高，有四肢，但並沒有手掌和腳掌，而是——爪子，牠還有一條長長的尾巴，有目擊者更認為牠外貌像一條碩大的蜥蜴。雖然警方仍未有人目擊過牠的出現，但我們大概已掌握到牠活動的地點，並對於如何緝捕牠，已有策略。以下

是綜合目擊者們的形容，由我們的畫師拼出的兇徒畫像。各位市民，若果你們有牠的任何消息，請馬上和警方聯絡。倘若你們目睹牠的出現，請致電我們的熱線，切勿嘗試自行捕捉牠，因為牠是極度危險的……」

「警方終於願意承認蜥蜴人的存在了！」張進大力點了點頭，道。

「現在才說，算是遲了點，但說了當然比沒有說更好！」

「刑Sir，請問蜥蜴人有否造成人命的損失？」在記招上，有記者提出這問題。

刑Sir思考了一會，才道：「前天晚上，蜥蜴人曾經在詠華花園停車場襲擊一名女途人，令她的手臂刮傷，女途人翌日傷口發炎發腫，送抵醫院當晚已昏迷，在數小時後死去。醫生斷定她死於敗血病，正研究其死因，現時未有定論。所以我暫時不能說是蜥蜴人向她施襲，導致她死亡。」

「刑Sir，那隻蜥蜴人之前在停車場出現襲擊人，今天牠是如何走進港鐵站施襲呢？」現場的記者問。

「根據目擊者的口供，他們看到蜥蜴人跟着途人走進港鐵站，還上扶手電梯到月台去，更衝入一部列車，幸好列車上的乘客並不多，而且他們齊心協力對抗蜥蜴人，最後我們並沒有收到傷亡報告。不過當我們接報到達港鐵月台時，蜥蜴人已逃去無蹤。我們相信因為該站並非密封式，所以牠從圍欄罅隙逃走了。有地鐵站附近的途人曾看到牠，試圖跟蹤着牠，可惜蜥蜴人的速度實在太快，最後途人趕不上牠，加上天色已晚，只好讓牠逃去。不過我們已加派大量人手在該區附近巡邏，以保障市民的安全。」

「早日捉到牠，我們才安全。」張進低聲道。

「刑Sir，可否再向我們講講你們警方現有的策略呢？你們打算如何去捕捉蜥蜴人？與及——」

「對不起！記招到這兒要結束了。」

刑Sir站起來，欠一欠身離開了。

「刑Sir沒有回答問題，是因為太忙？抑或根本未有捕捉蜥蜴人的策略呢？」張進不禁問道。

小柔用遙控關掉了電視，抹抹嘴，道：

「我想，兩個原因都正確。」小柔回答道，然後非常奇怪地轉了話題。「上次，刑Sir上鏡已是穿這件全黑風褸，今次又是這一件，他究竟有沒有另外一件外套呢？上次他沒有剃鬚，頭髮也沒有整理好，今次又重蹈覆轍了！」

料不到女兒會突然由蜥蜴人案情繞到刑Sir的衣着和外貌，張進回道：「他是探員，不是韓星，用不着整理好儀容才出鏡。況且，男人太過姿整，人家會覺得他只注重儀容，不着重工作。」

「爸爸你每天也梳頭剃鬚才出門喇，但你仍然着重工作。」小柔反駁他。「刑Sir經常出鏡，怎樣也要理一理自己的儀容，警隊也要樹立一個好的形象，不應因為要由早到晚查案而蓬頭垢面或天天穿同一件衫同一條褲子！下次見到他一定要跟他說一說，上鏡前要自己檢查一下是否又是同一件外套。」

「若果你覺得這點很重要，下次見到他就跟他說吧。」張進站起來，準備執拾枱上的食具，突然想起了些什麼，道：「小柔，你剛才說到刑Sir的黑外套，我忽然聯想到蜥蜴的皮膚。你知道蜥蜴是會脱皮的吧？這個蜥蜴人或許也會脱皮，牠的體型那麼龐大，脱掉的皮應該很多很多。」

「爸爸，你提出的這一點很重要啊！我之前從來沒有想過！」小柔恍然大悟地道，然後她馬上跑到電腦前，不停搜尋。

「阿女，你要找什麼？」張進問道。

「我個多星期前在網上看過一單不太矚目的新聞，一個老婆婆說她帶她的芝娃娃狗外出去散步時，小狗被一些不知什麼的東西扯進了下水道。街坊替她找來毛孩拯救隊的人來進行搜救，找了一個黃昏也未找到，後來請了一名前消防員加入拯救，仍然徒勞無功，最後卻在一條早已荒廢了的下水道找到許多塊動物的脱皮。」小柔邊搜尋邊道。

「是嗎?!那下水道的地點在哪兒呢？」張進急問。

十四 下水道狂奔

「真的巧！那下水道的地點就在下一條街。」

小柔和宋基正在乘搭小巴到學校舉辦陸運會的運動場途中，兩人談到蜥蜴人事件，當然也講到昨晚父女倆討論的最新資料。

「司機，麻煩在前面街口停車。」宋基高聲道。

「我們仍未到運動場呀！」小柔道。

「反正我們早了大半個小時，不如就下車去看一看。」

小巴停下來，小柔想了想，尾隨着宋基下車了。

「宋基，你昨晚才和蜥蜴人近距離接觸過，你不怕牠嗎？」小柔問。

「連小柔你也不怕，我又怎會怕牠呢？」宋仲基反問她道。「況且，就算我見到蜥蜴人，我只消一秒便可以逃離現場，更可以帶着你逃走。」

「你的瞬間轉移能力不會突然失效的吧？」小柔笑問道。

「當然不會！你放心吧。」宋基對自己的超能力蠻有信心。

兩人説着説着，終於走到網上新聞談及的那條荒廢了的下水道。

圓形的入口前面有樹枝和垃圾擋着前路，宋基用腳把障礙物踢開，扶着小柔走進下水道裏。

太暗了，小柔開了手機的電筒，照着前路。「你關上你的手機吧！我怕你一會兒又忍不住向蜥蜴人飛擲手機，跌壞了或丟掉了，你又會給uncle怪責。」宋基非常體貼地道。

「這兒太黑了，不開電筒的話，怎樣走呢？」小柔問。

「用我的手機吧！家姐已把她舊的一部給我用。」

「如果你跌爛手機不是也會給家人責罵嗎？」小柔笑問。

「我給人責怪總好過你給人責怪。」他回道。

身邊的男孩這樣説，她是否該感動流涕呢？

下水道裏靜悄悄的，連蛇蟲鼠蟻也沒有半隻，更沒有蜥蜴人的蹤影。

「算了吧！或許我們是找錯了地點，還是回去運動會好了。」小柔道。

「等一等！我好像踩着了些什麼，讓我照一照看看。」

宋基把手機電筒照向地上，竟然發現，他踩着的明顯地是一張動物的脱皮。

「這個就是我們要找的東西了！」

小柔蹲下來看，那張是深綠色的動物脱皮。

宋基馬上用手機拍了好幾張照片，儲存好，跟小柔道：「我們要否剪少少脱皮帶回去給刑Sir找人化驗？」

「也好！但我沒有任何工具呢？這塊皮大得像地氈一樣，我們如何搬回去呢？我們只是要一小塊就夠了。」

「那兒有一塊小的！拿紙巾來把它撿起吧。」

小柔從背囊裏小心地拿出紙巾，正準備把地上的一小塊脱皮撿起之際，發現頭頂有些潤濕，她一抬頭，便發現蜥蜴人正伏在下水道的頂部！

「宋基，小心呀！」

小柔大叫起來，轉身撲向左方。宋基聞聲也向另一方閃避。蜥蜴人嚎叫一聲，跳了下來，把兩人分隔開。

「小柔，我們向出口跑吧！」

「好的！」

剛才兩人在下水道只是走了約莫幾分鐘，現在要跑出去，應該半分鐘便可以到出口。可是，走進來容易，走出去卻難乎其難，就在他們跑了沒有幾步，上面「霍」的跳下來另一隻龐然大物。

原來，蜥蝪人並不孤單，牠有同伴呢！

「原來有兩隻蜥蝪人之多！」宋基驚道。

小柔注視着剛跳下來的一隻，說道：「這一隻和蜥蝪人樣子有些少不同，行動比較緩慢。」

「行動緩慢就好了！我們貼近牆邊跑，該可以很快便跑到出口。」宋基道。

「宋基，我有個提議！」小柔邊跑邊道。

「你想怎樣呢？」

「我想替這一隻行動緩慢的蜥蝪人拍幾張照片。但我用閃光燈的話，一定會刺激到牠，我們或會有危險，所以，我想和你夾定，在我一拍照完畢，你便用瞬間轉移把

我帶離下水道，可以嗎？」

「當然可以！我現在走近你，你準備好拍牠的大特寫吧！」宋基道：「一、二、三——」

小柔取出手機，站在通道中間，在怪物向她俯衝過來前，成功用連環快拍拍下牠的大特寫，然後把手機放回袋中，兩手緊握着宋基的手，道：「我已準備好了！走吧！」

就在宋仲基以穿越時空的能力把她移走前半秒，她好像聽到有把微弱的聲音從某個角落傳出：「救命！」

原來有兩隻蜥蜴人之多！
宋基，我有個提議！
動緩慢的蜥蜴人拍幾張照片。我想和你夾定，在我一拍照完畢，你便用瞬間轉移把我帶離下水道，可以嗎？
當然可以！我現在走近你，你準備好拍牠的大特寫吧！
一、二、
我已準備好了！走吧！
救命！

十五 只是我的幻覺

只在一眨眼間，宋基便把小柔帶回先前乘搭的小巴上。

「嘩！我試過那麼多次的瞬間轉移，降落得最好要算是這趟！我們連小巴車費也不用多付一次，便可以繼續往運動場了！」宋基愉快地跟小柔道。

「宋基，剛才我們仍在下水道時，你有沒有聽見有人叫救命呀？」小柔扯着他急問。

「有人叫救命？我聽不見喎！」

「是在我們臨離開下水道前一秒左右，有一把好像小孩子的聲音在輕叫救命……」

坐在他們後面的一個太太，點點他們的肩膊，問道：「你們是人抑或是——？」

「我們當然是人啦！」小柔和宋基轉過頭去，回道。

「我一直坐在你倆後面，剛才看着你們忽然失蹤，但沒多久又突然出現！」太太説着又再點點他們的肩膊。「但你們又好像是實實在在，有形體的人。」

「我們當然是人！」小柔語氣非常堅定地道：「Auntie，你可能精神不太好，剛

才看錯了。」

「或許是吧！」那太太被她一說，信以為是。「我還是提早下車，去中醫診所把把脈。」

「那麼，auntie，你保重呀！」小柔咬咬牙，道。

在那太太離開小巴後，小柔才開了手機的相片來看。「這隻——應該不是蜥蜴人，而是——」她只看了一眼，便道：「變——色——龍！」

「變色龍？」宋基把頭湊了過去，問道。

「你看看牠左右腳顏色不同，牠左腳踏在樹枝上，腳掌已變了樹枝的深啡色，但牠右腳踏在這棗紅色的手電筒上，所以牠的右腳已經開始變成深紅。」她道：「只有變色龍才會因身體碰觸不同物件而變成那種顏色，而且，牠的樣子和蜥蜴人並不相同。他的樣子並不像蜥蜴人般兇猛呢！」

「雖然如此，但剛才牠還是張牙舞爪地追趕着我們，我依然當他是猛獸！」宋基回道，並往窗外張一張望。「小柔，我們要下車了！運動場就在對面。」

「好！我先把這些相片傳給刑Sir！」

*　　*　　*

一年一度的運動會，天公卻不造美，一整天下着毛毛雨甚至大雨。

小柔和宋基就在跳遠召集處等候了半小時，雨依然未停。

「乙組第一位參賽者，請往起跳點準備。」負責的老師在揚聲器説道。

「吓？蘇老師，你是否説笑？現在下着大雨喎！」第一位參賽者不可置信地問。

「現在已經不算大雨，我們認為雨勢可以接受。你快去準備吧！」

「下着大雨，我該怎樣跳？」同學扁着嘴問道。

「先助跑，然後盡全力跳囉！」

「下着大雨喎？這樣跳，我會感冒，我爸媽會責怪我不愛惜身體……」

「你不快去準備，我責怪你浪費大家時間！快去啦！」老師一聲令下，第一位參賽者乖乖的去準備了。

「我都去準備了！」小柔跟宋基説。

「你要準備雨傘嗎？」他問小柔。

「我要去跳遠喇，還要雨傘做什麼？」

「你要不要像她一樣，持傘跳遠？」宋基指指第一位參賽者，笑道。

小柔往前一看，果然，非常惜身的第一位參賽者真的持着一把粉紅色雨傘輕盈地跑過助跑徑，然後腳一跨，就站立在沙坑上。

「嘩！我持着雨傘都可以跳到這麼遠，是否厲害呢？」第一位參賽者興奮地問其他人。

小柔敏捷地以手掩嘴，以免自己笑出聲來。

到小柔了，她把打在臉上的雨水抹掉，瀟灑的跑過助跑線，縱身一跳。

「嘩！成績很好喎，肉眼看來已經破了本校紀錄！」負責的老師點頭讚好，並在小柔落地處打下記號。

「小柔，你很厲害喎！」刑Sir突然在小柔面前出現。

「刑Sir，你來探班？」小柔笑問。

「你傳短訊給我時，我未能回覆，到我收到短訊和相片，可以致電你之際，你又不能開手機，所以，我索性來找你了。是你的班主任告訴我，你在進行跳遠比賽。」

刑Sir兩手交疊着，道。「我上司說正調派一批手足和漁護署職員，帶備盾牌和搜捕工

具，往沙尾街下水道搜索，消防隊也會派出消防員到場協助，還會有一名獸醫帶備麻醉槍。我約半小時後便會到那兒和他們會合。你提到曾經在下水道聽見有小朋友的求救聲音，為此，我曾向這區域的探員查詢，得到的答覆是，這區最近並沒有兒童或青少年失蹤。」

「我當然希望那只是我的幻覺，是我聽到其他聲音，誤以為有孩子求救。我也覺得，有兩隻怪物藏身的下水道，怎會有孩子呢？就算有，該早已成了怪物的點心！」

「不過，為以防萬一，我們都要去徹底搜索。」刑Sir道。

剛才下着的毛毛雨，線條變得越來越粗，雨勢似乎有增無減。

「因天雨關係，我們的比賽要暫停。正在場內參加比賽的同學，請回到看台這邊避雨。」司令台發出這個宣布。

「我看這場雨並非過雲雨，肯定要下一段時間，不如，我試一試向校長申請離場一會兒，以協助你的調查工作吧！」

「這樣會影響你的正常學習，不太好呢，校長也未必會批准！」

「未試過又怎樣知道？」

十六 銀灰色的麻醉槍

「小柔，這張是下水道的地圖。」

車子停在紅綠燈前的時候，刑Sir把一張地圖遞給坐在後座的小柔和宋基。

「嘩！原來這下水道是縱橫交錯的，幸好上次我們沒有走進分岔路，否則可能會迷路。」小柔看了一眼手上的地圖，馬上道。

「上次我們並不是在下水道出口逃出來的，就算在裏面迷路，我有也有方法帶你逃脫，你根本不用擔心。」宋基言外有意地道。

刑Sir的車子在一棟大廈門前停下來。一位染了銀灰色頭髮，穿着紫色皮外套和短黑褲，美麗如韓星的妙齡女子開了車門，坐到刑Sir旁邊。

「我來介紹一下，這位是我們漂亮的女獸醫——高超小姐。」刑Sir揚一揚手，道。

「後座的兩位是我的好幫手——小柔和宋基。」

「幸會呀！平日並非是由我做外勤的，但因為我的兩位男拍檔昨天都出去協助搜

捕大野豬而筋疲力盡，不想再做外勤工作，所以我便有機會接一次。」高超笑道。

「我沒有養寵物，不認識任何獸醫，但料不到獸醫可以是這樣年輕漂亮、衣着入流的！」宋基驚道。

「高超醫生，刑Sir有否告訴你，今次我們並非去搜捕大野豬這樣簡單的動物啊！」小柔好意提醒她道。

「我知道，今次我們要對付的是隻比我高一倍，外貌似蜥蜴的巨大怪物！」高超非常興奮地道。

「我們是去搜捕怪物喎！你完全不懼怕嗎？」小柔故意問道。

「我最愛刺激新奇的東西，而且我又不是去跟牠摔角，而是用麻醉槍把藥射進牠龐大的身體罷了，這樣有多難呢？其實，只要有膽量和眼界不太差的人，便已經勝任，用不着一名獸醫去做。」高超坦白地道出心底話。

「你有沒有對付猛獸的經驗呢？」刑Sir問她道。

「今次之後便有了！哈哈哈！」高超笑聲像風鈴般清脆。

「正如你所說，你的工作就只是準確地對着牠開一兩槍，你的人生安全就由我們負責好了。」刑Sir幽幽地作了個總結。

拐了兩個彎，我們又來到下水道了。

「我們到了，請大家下車。」

高超醫生真的非常有型有格，銀灰色的長髮配着一根銀灰色的麻醉槍，像荷里活電影裏那些打不死的女英雄。

「高醫生，你帶了多少劑麻醉藥呢？」小柔問她道。

「有五劑，應該夠用吧！」高超回答。「讓我先把麻醉劑裝上槍。」

「你的孭袋那麼大，卻只裝了五劑麻醉藥？為何不帶多一點？」刑Sir瞄一瞄她的大袋，問道。

「我覺得毋需這麼多。」

「那你用不着帶這麼大的一個袋吧？」刑Sir道。

「大袋配襯黑皮褸更好看！」她笑道，把大袋瀟灑地甩到背後。

小柔瞄一瞄高超腳上的運動鞋，竟然是一對高跟運動鞋！足足有三吋高的鞋底，令嬌小玲瓏的高超看來比小柔還要高。

「我們有足夠人手可以兵分兩路，兩隊人在下水道入口分兩批進入，另外兩隊人在出口把守着，若果蜥蜴人仍在下水道，便可以一網成擒……」

刑Sir雄渾的聲音從揚聲器轉折而出，變得沙啞和陌生。他的搜捕計劃聽起來天衣無縫，但小柔隱隱覺得有些不安，但又說不出問題所在。

「我和特種部隊先進，高醫生、小柔和宋基殿後，搜捕行動開始！」

手持強力電筒和槍的刑Sir率先走進下水道了。

是今天下大雨的關係吧，下水道裏面竟然水浸。

「唉！我的球鞋要報銷了！」小柔咕嚕道。

「我早有準備！我穿的球鞋是防水的！」高超微笑道。

「高醫生，我也很想知道你的球鞋在哪兒買，既防水還要是高跟的，非常罕有喎！是限量版嗎？」小柔故意高聲問道。

「小柔，降低聲量！」宋基按着她的肩膊，示意她暫停影射的說話。

大夥兒走了好一會兒，小柔突然高聲喊道：「刑Sir，我認得這兒就是今早我們發現蜥蜴人脫皮的地方，我亦是在這兒隱約聽見小孩的呼救聲！」

「還有一點，我想大家留意，就是：蜥蜴人會在牆上甚至天花爬行，大家要眼觀八面，耳聽四方，小心牠或牠們的突襲。」宋基也提醒大家。

* * *

「收到了！」

刑Sir高舉了手，示意大家停下來。

「我見到前面轉彎位置有個黑影！」他輕聲地道。

全體按兵不動，那黑影也沒有任何動靜。

刑Sir從衣服袋裏取出兩顆在下水道入口前撿拾的小石子，向前方投擲。

幾隻受驚的動物向着大夥兒飛過來。

「不用怕！只是蝙蝠——」

高醫生的話仍未説完，下面的句語已轉變成尖叫。

今次，蜥蜴人並沒有爬牆或從天花板空降，而是在水裏突然冒出。兩米高的牠，就站在高醫生跟前，向着她張牙舞爪，嚇得她目瞪口呆，拿着麻醉槍的手僵硬了。

刑Sir想把高醫生的麻醉槍拿過來，但在伸手去取之際，卻給蜥蜴人的爪打中了。

麻醉槍被淩空拋起，在空中轉了兩個圈，在它掉進水裏前，小柔衝前把它接住了。

眼看蜥蜴人伸出爪子要向高醫生施襲了，和她相隔幾米距離的宋基馬上拍打着手，吸引蜥蜴人的注意。「喂！望過來這邊啦！你還不過來捉我？」

蜥蜴人向他嚎叫着衝過去。

「你快過來，和我一起躲在這兒吧！」牆邊的一道小門打開了，並有個聲音把他們召過去。

小柔認得了，那就是上次向他們求救的小孩聲音。那不是她的幻聽，而是真有其人！

小柔想拉高醫生和她一起躲起來，但高醫生卻遍尋不獲，小柔只好自行走進那道小門。

那是一個小型工具室，只僅僅夠她們兩人藏身。

「謝謝你的幫忙！你叫什麼名字呢？」小柔問面前這個衣衫襤褸、面頰手腳都骯髒不堪的小女孩。

「我叫廖貝貝。」她輕聲回道。

「你幾歲？」小柔又問。

「我八歲。」

「為何你會在這兒呢？你是獨個兒的嗎？」

「是的。這兒就只有我一個人。兩

天前，我在街上流連時，突然遇上了這隻怪物，我該是給他嚇到暈倒。到我醒來時，我發現自己伏在這條大坑渠。我想我該是給這怪物帶來這兒。」貝貝回答道。

「你沒有給這怪物吃掉，算是幸運了！牠有否傷害你？」小柔馬上檢查她的手腳。

「沒有呢！我完全沒有受傷。不過，如果我逃不出去，我相信牠遲早會吃掉我。」

「有我在，一定可以把你帶離這兒。」小柔答應她道。「上次我來這下水道時，曾經聽見你叫救命。我問過警方，但他們說，這個區最近並沒有兒童失蹤。」

「因為我是獨自居住的，沒有人知道我失蹤。我媽媽是每兩個月左右便取雙程證來港看顧我，我爸爸去年已離家出走，不知去向。」

原來香港竟然有境況堪憐的獨居兒童！

「這幾天你躲在這個地方，是否餓壞了？」小柔轉了個話題。

「沒有呢！那怪物都算神通廣大，這兩天都有帶食物來給我。」

「牠竟然會給你食物？」

「是的，每次牠出去，回來時都有兩三包食物，例如薯片又或是一袋麵包、紙包飲品等等。或許是牠覺得我太瘦，希望養肥我才吃掉我吧！」

「又或者牠根本不想吃掉你。」

「若不是要吃掉我，捉我回來幹什麼呢？」

「救命呀！」外面傳來高醫生淒厲的叫喊聲。

「我還是不能躲在這兒，要往外看看出面的環境。你就留在這兒，不要出去。」

小柔探頭往外一看，駭然見蜥蜴人正咬着一名警員的腰部，並把頭拼命向左右兩邊搖晃，當他是玩具般把弄！

小柔望望手上的麻醉槍，和她在遊樂場玩的兒童射擊遊戲裏的槍極為相似，她遂嘗試把槍托高，瞄準牠的胸口，並深深吸了一口氣，開——槍——！

「砰」的一聲，那一小支麻醉劑發射了出去，但蜥蜴人不停扭動，那支麻醉劑就在牠肩膊擦過。牠張口大叫，口裏叼着的警員便跌了下來。

十七 你不是想吃掉我嗎？

「小柔，這個袋裏還有四支麻醉藥，我剛才見你用那麻醉槍差一點兒便射中牠了。你再試一試吧，我的右手該是甩骹了，未能開槍。現在靠你啦！你今次可以瞄準他的胸口，不用怕誤中警員了。」刑Sir跟小柔道。

「高醫生有沒有受傷呢？可否讓她來開槍呀？她才是專業人士！」小柔有些信心不足，反問道。

「唉！原來她並不是獸醫！剛才她慌慌張張地向我招供，她只是在獸醫診所客串工作的姑娘，因為想親眼目睹蜥蜴人，在診所接到我電話時向我冒認是獸醫，暗中取了醫生的麻醉藥和槍，瞞着診所兩位真正的獸醫到來。」刑Sir歎道。

獸醫也可以是冒牌的?! 今次的搜捕行動真是多災多難！

小柔無可奈何只有接過袋子，接受這個艱巨的任務。

「宋基呢？刑Sir，你知道宋基在哪兒嗎？」小柔這才想起了他，問道。

「剛才見他拍手引蜥蜴人往他那一邊，但在一瞬間便不見了他。」

「那麼我不擔心他了。」

小柔從袋裏取出麻醉劑，裝在手槍裏，然後舉高，瞄準了蜥蜴人，在牠撲過來前，把麻醉劑射出。

「中了！小柔，你今次射中牠啦！」刑Sir雀躍地道。

麻醉劑射中了蜥蜴人的右腹，但牠伸出爪子一拍，麻醉劑便掉下來了。

現在只剩下三支麻醉劑。

小柔竭力冷靜下來，又再舉起槍，走前幾步，向蜥蜴人斥喝道：

「你快向我撲過來吧！你不是想吃掉我嗎？」

蜥蜴人果然聽話的嚎叫着向小柔衝過去，口張大，血紅的雙眼像會噴火。

「小柔，快開槍吧！快快快！」刑Sir急忙催促她。

就在蜥蜴人走到她面前不到五米的距離，小柔才對準牠的胸口開槍。

麻醉劑準確地並穩固地刺中牠的胸口，而小柔亦迅速地逃過蜥蜴人向她揮舞的爪子！

「Yes！小柔好嘢！」刑Sir高舉沒事的左臂歡呼道。

「但蜥蜴人這麼巨大，一支小小的麻醉劑，要多久才能發揮效用呢？」她不禁問道。

「那冒牌獸醫剛才跟我說，她是冒牌的，但麻醉劑則真的是超強力的麻醉劑，劑量足以令一隻大象在三分鐘內失去知覺。」

「三分鐘內？」小柔自言自語道。

蜥蜴人的動作逐漸變得緩慢，雙眼的紅光也暗淡起來。就在牠快要倒下的時候，牠的「好朋友」——變色龍出來了。

「這就是我和宋基看到的變色龍了！這一隻較易應付，因為牠的動作比蜥蜴人緩慢！」

「但牠的身型和蜥蜴人不相伯仲呢！牠的危險性仍然很高。小柔，你要謹慎行事！」

「知道！」小柔把袋裏剩下的兩支麻醉劑掏出，道：「要生擒變色龍，我們就只剩下這兩個機會！」

「我的上司說過希望盡量生擒，但如果情況危急，還是要用槍！」刑Sir道。

「明白。我還是要盡量令牠走近一點，我才開槍。刑Sir，你放心！我跑得很快，一定能夠逃命。」小柔信心十足地道。

「好！」刑Sir開了電筒，射向變色龍，試圖吸引牠的注意。

「成功了。」

變色龍向着他們走過來，步伐穩定。

小柔舉起槍，她已完全準備好了。

「嘩！」

一直躲在下水道旁的冒牌獸醫高超突然哇哇大叫起來。「我的皮膚越來越疼痛、紅腫——我——是患了急病了！這些怪物一定是有傳染病——哎呀！好痛好痛呀——你們這些怪物又醜又討厭，我都不知——為何會來了——」

高超把鞋子脫掉了，朝變色龍奮力擲過去。

「喂！你發脾氣也不要在這個時候吧？」刑Sir想制止她，但已來不及了。

變色龍雖然行動較緩慢，但有人向牠投擲東西，牠還是有一般動物

的反應——試圖攻擊向牠施襲的人。牠張大了口，作勢要咬高超。

「變色龍，望一望這邊吧！」小柔還是跑到變色龍跟前，盡最大的努力，在牠向高超施襲前麻醉牠。

麻醉劑射出了，也瞄準了牠的胸口，但竟然無法插入牠的皮膚！

「牠有變色的本領，還有特厚的皮膚？這真是名副其實的『得天獨厚』！」小柔喃喃地道。

「現在就只剩下一支麻醉劑，對嗎？」刑Sir問。

「是的，但牠那特厚的皮膚，連針也插不入，怎辦呢？」小柔隨意地道：「難道叫牠自行把麻醉劑吞下？」

「這是個好主意！」刑Sir道。

「要把麻醉劑射向牠張開的口？難度頗高喎！而且，只餘下一個機會，我怕我不能勝任。我的強項並不是射擊啊！」小柔皺眉道。

「小柔，就讓我來試一試吧！」失蹤了一段時間的宋基，突然在小柔身後出現。

「太好了！宋基，你有練過射擊嗎？」小柔如獲救星，差點想擁着他給他一個吻作讚賞。

「從來沒有。」宋基聳聳肩膊，坦白地回答道。「不過，我有玩過飛鏢，我的眼界非常準。」

「射擊和飛鏢並不相同啊！」刑Sir和小柔不約而同地道。

「你們的目的只是把麻醉劑放進變色龍的口中，對不對？」宋基問道。

「對呀！」

宋基拿過小柔手上的麻醉槍，把麻醉劑取了出來，然後急步跑到變色龍跟前，向牠大叫道：「喂！變色龍，你準備好吃我了沒有？」

變色龍如他所料，向他張牙舞爪，宋基乘機把麻醉劑用力一擲，正中牠的口裏！變色龍以為有食物自動送進嘴裏，馬上咀嚼。

「牠吃掉麻醉劑了！我們的任務完成喇！」

十八　只是你的幻覺

在救護車上……

「原來，小柔你手腳那麼多地方擦傷了！」張進看着小柔給救護員料理近十處傷口，心痛不已。

「都是我不好！」宋基道。「我剛才為了躲避蜥蜴人狂追猛打，穿越去了另外一個地方，要返回下水道，就花了一些時間，未能全程在小柔身邊保護她。對不起，uncle，我令你失望了！」

「不關你的事，你不用道歉。是我自己不小心罷了。」小柔安撫完宋基，轉頭向救護員道：「謝謝你，救護員叔叔！」

「處理完傷口，小柔你可以和我離開了吧？」張進問道。

「還未呢！」她回道。

「你還在等那蜥蜴人和變色龍？剛才，牠們已被放在貨車，送走了。」

「Uncle，讓我告訴你一個資料吧！剛才我們在兩隻怪物暈倒後，無意中在牠們的腳底上發現了一個奇怪的標記。」

「什麼標記？」張進非常好奇。

「是一間公司名，然後是一個號數。兩隻怪物的腳上都是同一間公司名，號數則不同。其實，公司名和號數都像是虛線般散開，我們花了些時間才聯想到是一個名字和號數。公司名字是AmazingChongLab，號數有四個數字。」

「是實驗室的名字？難道這兩隻怪物是實驗室的產品？」張進驚問。

「刑Sir初步推斷跟你一樣。牠們原先該是正常的蜥蜴和變色龍，但實驗室的人不知拿牠們做些什麼實驗，把他們變成超巨型的怪物。他們可能是逃走出來又或是被趕跑，後來棲身於下水道。總之，刑Sir已第一時間去了這實驗室調查。」宋基回答。

「刑Sir不是手臂甩骹嗎？他不用先入院治理？」張進又問。

「我剛才已替他把甩骹托回。他說不用去醫院，直接去查案了。」坐在一旁執拾物料的救護員平靜地道。

「刑Sir二十四小時都只是在想工作，不大惜身，責任感重得不得了。」小柔道。

「刑Sir走了，蜥蜴人和變色龍也走了，那麼我們也走吧？小柔你還在等誰呀？」

「甘Sir囉！剛才刑Sir臨走前，請甘Sir和同事負責尋找我發現的一個小女孩。他們好像已找了很久，我相信應該找到她的了。再等一會兒吧！」小柔堅持道。

「我看見甘Sir了！」宋基道。

大家一起往下水道入口一望，見甘Sir和手足正走出來，但沒有小女孩的蹤影。

「甘Sir！」小柔顧不得自己的傷，跑上前問甘Sir：「請問你們找到那小女孩貝貝沒有？」

「找到了！」甘Sir面有難色地道。

「找到了？她現在在哪兒呢？」她追問。

「小柔，」甘Sir搭着她的肩膊，道：「我們只找到她的屍體。」

「屍體？」小柔呆了半晌，才問：「沒理由！兩隻怪物都已經被麻醉了，難道……下水道裏還有另外一隻怪物？」

「那女孩並非給怪物襲擊致死，我們剛才發現她時，她的屍體並無表面傷痕。我們相信她可能是餓死，又或者因為疾病而死。而且，從她的屍體看來，她並非是剛剛

死去，是肯定死了好幾天，因為，其屍體已出現屍斑。」

貝貝已死去好幾天？那麼，小柔剛才見到的究竟是什麼？

「貝貝——剛才是她救回我的！她開了那儲物室的小門，把我讓進去躲避怪物的襲擊！她是我的救命恩人，若果她死了幾天，我又怎能夠……」

「雖然驗屍官仍未檢查她的屍體，但以我們的經驗來斷定，她死去至少三四天了。小柔你剛才看見的，可能只是你的幻覺。」

「我是頭腦清醒意志堅定的人，沒可能出現幻覺！剛才她跟我說到她的名字，我沒可能從自己的幻覺中推測出她的名字吧？」小柔激動得面紅耳熱。

「小柔，放鬆一點！」張進扶着她的雙肩，道：「你今天一定很累了，我先和你回家休息休息，好嗎？」

「爸爸，我不想走！我要先搞清楚貝貝的事！」小柔甩開爸爸的手。

「甘Sir和他的手足還有事要做，我們不可以阻礙他們。今天你該做的事已經做妥了，你今天未能搞清的事，可能過一兩日便自然有答案，你不用着緊一定要馬上知道答案。聽聽爸爸的話，讓我帶你回家休息吧！」

十九 空椅上的白蝴蝶

「廖太，你好！我就是刑Sir。」

大門打開了，刑Sir馬上介紹身邊的小柔。「這位是張小柔，她在搜捕蜥蜴人和變色龍行動當日也有在場，曾見過廖貝貝。」

「不要叫我廖太，叫我周小姐好了。請進來。」貝貝媽媽回道。

那是個不到三百呎的小單位。短短窄窄的走廊盡頭，便是一個小廚櫃，上面放了貝貝穿着校服、笑容璀璨的相片，旁邊有一束菊花。

「周小姐，這是貝貝參與學校旅行時拍攝的？」小柔凝視着相片，問。

「是的。我們很少帶她去郊外旅行。那天，她的老師説貝貝非常開心。」貝貝媽媽苦笑道：「若果早知道她逗留在世的時間那麼短，我便把她帶回鄉算了。如果我沒有離開她，她便不會在街上流連，也不會遇到那兩隻怪物。」

「命中註定要發生的事情，我們無法避免。」小柔安慰她道。

小柔不是沒有央求過宋基用穿越時空的能力挽回貝貝的生命，但宋基只是為難地道：

「關乎生與死的事情，爸爸警誡過我，不要干預，否則會遭天譴。對不起，小柔。今次真的不能幫忙。」

「周小姐，」刑Sir道。「我們已經完成初步調查，想向你交代事件。」

三人圍着小圓桌坐下，小柔有個強烈感覺，圓桌剩下的一張空椅，也被佔用了，坐着的就是貝貝。她也在聽刑Sir的詳細報告，確保媽媽聽到的資料正確無誤。

「我們在下水道發現的兩隻怪物，腳底都有AmazingChongLab的標記。我們調查過，這所實驗室已經在上月倒閉。後來我們找到實驗室負責人莊明國協助調查，他承認實驗室與美國一間私人的藥廠曾經長期合作，以動物作實驗用途，試驗一批研發中的藥物。但後來，那間私人藥廠突然和他們終止合作，令他們面臨財困，最後逃不出倒閉的命運。莊明國説，他在離開實驗室前，曾下令員工給所有動物餵服安眠藥，確保他們死去才丟棄屍體。不過，他沒有留下來監視員工工作的過程。我們查問過實驗室的員工，因為有人因補薪問題和莊明國有拗撬，最後並有沒有照他吩咐去做，

他們把化學物料隨意棄置，又故意打開了動物的鐵籠，相信是因為部分動物吃了化學物料，起了化學作用，身體出現異變。莊明國說，發生這樣的事情，他極之不希望，但他願意承擔責任，提供實驗室內曾經儲存過的所有藥物、實驗報告、檔案和員工名單——」

「刑Sir，你說了這麼久，仍未提到小女呢！」貝貝媽媽打斷了他的話。「對不起！我並沒有興趣知道那兩隻怪物的由來。」

「對不起！」刑Sir頓了一頓，又道：「我們查問過你們大廈的看更，也看過附近的閉路電視，確定了貝貝是在二月二十一日凌晨一時半左右，獨個兒在美寶街公園流連時，給蜥蜴人擄去的。」

「那蜥蜴人如何擄去她呢？」

「閉路電視顯示蜥蜴人是用尾巴捲走她。」刑Sir回道。「當時沒有途人，也沒有商戶會翻看閉路電視，所以完全沒有人知道她被擄去。」

「我去認屍時看到她的遺體是瘦削不堪的，她在下水道裏是否一滴水也沒喝過，一口食物也未吃過呢？」貝貝媽媽痛心地問。

「法醫官的報告也是這樣說，貝貝並沒有受傷，但可能因為年紀太小，她不懂得如何離開下水道，又或者對兩隻怪物非常恐懼，不敢嘗試尋找逃脫的方法。」

貝貝媽媽眼淚靜靜地掉下，不發一言。

「刑Sir，現在，蜥蜴人和變色龍被安置在什麼地方？你們會如何處置牠們？」小柔問道。

「我只能告訴你們，牠們被安置在一個安全的地方，二十四小時有人看守。我們警方只是負責把兇徒緝拿歸案，如何處置兇徒並非由我們來決定。有人覺得兩隻怪物造成人命傷亡，死有餘辜；亦有人認為他們淪為人類的實驗品，因實驗出錯而令身軀無限度的變大，這並非動物本身的錯，若果最後還要被殺害，會是個極大的悲劇；也有一批科學家希望擁有牠們作為研究對象……最後他們會被怎樣處置或落入誰的手中，我們不知道，但我們知道貝貝的故事公開了，有不少市民感到痛心，傳媒發起了一個募捐行動，暫時他們已籌得一筆相當可觀的款項，他們將會跟周小姐你聯絡，商量如何把款項交到你的手中……」

就在這時，小柔竟然看見一隻小小的白蝴蝶飛近那空椅子。刑Sir和貝貝媽媽似乎

專注在談話中，並沒有留意到白蝴蝶的存在。

白蝴蝶在空椅子上逗留了一會，便振翅高飛。小柔站起來，跟隨着牠，一直走進房間，駭然看見貝貝就站在房間的窗前！

「貝貝，你回家了？」小柔掩着嘴，驚道。

「姐姐，就只有你看見我。」貝貝道。

「為何你只是在我面前顯現？」她問道。

「我在媽媽面前顯現過，只是她看不見我，而你，兩次都看得見。」貝貝回道。

「謝謝你在下水道救我一命。」小柔由衷地道。

「那是我能力所及，而且，我不希望你爸爸像我媽媽一樣難過。」貝貝微笑道。

「我快要上路了。臨走前，可否託你幫忙我做一件事？」

＊　＊　＊

「周小姐，打攪了你很久了。我們還是先行告辭。」刑Sir跟貝貝媽媽說。

「我在香港並沒有什麼朋友，謝謝你們的到訪！」貝貝媽媽苦笑道。

「貝貝媽媽，你要保重呀！」小柔道。

貝貝媽媽送了客人離開後，一關上門，竟看見客廳的圓桌上有一隻用日本花紙摺的紙鶴，紙鶴身上還有用深藍色水筆寫的幾行字：

媽媽：

在我離開後，你要保重！我會在天國等待和你重聚。

貝貝

君比・閱讀廊
漫畫少女偵探⑥

決戰蜥蜴人

作　者：君比
繪　圖：步葵
策　劃：甄艷慈
責任編輯：周詩韵
美術設計：何宙樺
出　版：山邊出版社有限公司
香港英皇道499號北角工業大廈18樓
電話：（852）2138 7998
傳真：（852）2597 4003
網址：http://www.sunya.com.hk
電郵：marketing@sunya.com.hk
發　行：香港聯合書刊物流有限公司
香港新界大埔汀麗路36號中華商務印刷大廈3字樓
電話：（852）2150 2100　傳真：（852）2407 3062
電郵：info@suplogistics.com.hk
印　刷：中華商務彩色印刷有限公司
香港新界大埔汀麗路36號

二〇一八年二月初版

ISBN: 978-962-923-458-4

18/F, North Point Industrial Building, 499 King's Road, Hong Kong
Published and printed in Hong Kong